著 ✦ 佐渡遼歌
繪 ✦ 廖珮蓉

致一百光年外的你

目次

1.在那以京兆計數的繁星當中

深夜的便利商店很安靜。

冬風凜冽，淨澈的寒意沉澱在地板附近，持續堆積。今天出門時有些匆忙，不小心穿成短襪，腳踝露了出來，每次走動就會有冰冷空氣從褲管的縫隙滲入，切身感受到即將來臨的冬季。

附近都是商辦大樓，這個時段幾乎沒有客人。

我站在櫃檯後方半發呆地凝視店內。

熱食區的機器已經全數關掉了，金屬架子與隔層空蕩蕩的，不過旁邊的熱飲櫃擺滿罐裝飲料。各式商品整齊放在陳列架，在明亮光線之下更顯得包裝鮮豔，即使早已習慣便利商店的工作也偶爾會覺得眼花撩亂。

期間限定商品的海報貼在牆面。一位偶爾會在電視看到卻喊不出名字的演員單手拿著岩鹽熱可可，擺出推薦的手勢露齒微笑。海報角落稍微掀了起來。

站在旁邊的沃爾萊特強忍倦意地皺著臉，揉著頸子與深色金髮的髮尾。

他從加拿大前來這座城市留學，現在就讀同一所大學的建築系四年級，個性隨和開朗，很有異性緣，每次在校園見到他，身邊總是圍繞著好幾位女孩子，不過那些女孩從未過來便利商店，大概很擅長處理這方面的人際關係。從小住在華人區附近，國中時更曾在泛亞餐廳打工，說得一口流利中文，某些詞彙卻會帶著些許異國口音。那種反差很有吸引力。

沃爾萊特預計畢業就會回國，大學期間趁著週末到處旅行，因此選擇薪水優渥的大夜班賺取旅費。

偶爾會有車燈在落地玻璃一閃而過，替時間彷彿停滯的店內帶來短暫變化。那個時候，我和沃爾萊特都會各自偏開視線，閃避刺目燈光。

逐漸遠去、消失的引擎聲更加凸顯出深夜的寂靜。有時候明明已經過去很久了，卻是依稀覺得引擎聲在耳畔揮之不散，如同殘留在視野角落的光痕。

沃爾萊特總是很快就耐不住無聊。今夜也是如此。他用指腹揉著制服衣襬的毛球，嘟囔著聽不清楚的自言自語，離開櫃檯在陳列架之間來回走動，伸手整理著商品。

「予謙哥，你現在是研究生吧？還有幾年畢業？」

我沒料到會出現這個話題，慢了幾秒才回答。

「要看論文的進展。」

「居然忙到沒有時間寫嗎？」

「現在主要在處理教授的工作，他吩咐什麼就去做。」

「聽起來很累耶。」

「還好啦。」

「這麼說起來，予謙哥跟的那位瀧本教授是很有名的學者吧？記得他翻譯了很多本外星書籍。」

瀧本誠十郎是世界知名的偉大學者，在相關領域被認為是天才，著手翻譯的著作數量近千本。話雖如此，沃爾萊特是工學院的建築系學生，對於宇宙從未展現過太大興趣，因此我沒有糾正對於教授的評價，也沒有糾正外星的正式名稱應該是「阿米卡星」。

我們經常在大夜班的時候聊著各種話題，卻都無關學業。各自專攻的領域不同，在學校偶然相遇也僅止頷首致意，不會刻意停下來聊天。

做為打工同事，這樣的距離感就夠了。

因此我對於沃爾萊特刻意提到大學專業的話題感到疑惑。

「為什麼突然提到畢業期限？」我問。

沃爾萊特卻是支吾其詞，輪廓分明的側臉像是揉合了許多複雜情緒。

我疑惑思索，腦海浮現幾個猜測，尚未細想就脫口而出。

「難道是女朋友嗎？」

「予謙哥的直覺真準！」

沃爾萊特難掩訝異地喊，快步走回櫃檯內側，取出手機後反轉遞出。螢幕當中可以看見沃爾萊特親暱攬著一名女子的肩膀，兩人的臉頰相貼，對著鏡頭露出燦爛笑容。看起來相當幸福。

「我們其實認識好一段時間了，參加的社團都是登山社，經常共同約去爬山，也曾經出去玩過幾次，當然都是很多人一起的那種。前陣子在社辦討論完週末的活動細節，各自解散，我送她到車站的時候順路去吃了晚餐，以此做為契機——」

明明沒有追問，沃爾萊特卻迫不及待地講起相遇的細節。

大夜班不會開暖氣，每次呼吸都會切身感受到充滿口鼻的寒意。

沃爾萊特繼續興奮說著女朋友的話題。

錯失了打斷時機。我扭了扭腳踝，一邊盯著角落微微掀起的宣傳海報一邊聆聽，偶爾簡短回應。

在寧靜的便利商店店內，帶著異國口音的低沉嗓音持續迴響。

隨著時間經過，我得知了她的綽號是沫沫，就讀附近大學的二年級，主修歷史，除了登山社以外還參加了硬式網球社，小時候曾經學過鋼琴，討厭的食物是番茄，老家有養著一隻柴犬。兩人首次相遇是在好幾所學校聯合舉辦的登山活動，由於興趣相近，那之後參加的各種活動也經常打照面，逐漸對彼此產生好感。

知道了許多私人資料，卻依然不曉得那位女朋友的名字。

話語排列的具體模樣在腦海逐漸成形，搭配那張手機桌布的雙人合照，內心突然湧現某種錯覺，自己似乎從很久以前就認識那位「沫沫」了。

「——那麼會留在這裡嗎？」

我突然問。

沃爾萊特露出猛然回神的表情，尷尬苦笑。

「不好意思，什麼會不會留在這裡？」

「如果畢業就會變成遠距離戀愛……還是說那位沫沫打算陪著你一起回去加拿大？」

沃爾萊特沒有回答，顯然尚未談過這個話題。

對於剛交往的情侶而言，關於未來的話題或許過於深刻了，然而沃爾萊特在今年夏天就會畢業，待在這座城市的時間只剩下半年。

不短，卻也不長。

「這麼說起來，予謙哥有女朋友吧？一直以來都給人那種感覺。學校經常走在一起的那位短髮學姊嗎？」沃爾萊特刻意換了話題。

我尚未回答，自動門就倏然敞開。

「歡迎光臨。」

「歡迎光臨。」

我和沃爾萊特反射性地出聲招呼。在輕快的音樂當中，店長跨過自動門。她如同往常綁著馬尾，看起來很疲倦，第一件事情就是扠腰環顧沒有客人的空曠店內。

沃爾萊特慌張地將手機藏到身後。

「我沒有在玩手機喔！只是讓予謙哥看看桌布而已！」

店長看似想要說什麼卻沒有說出口，沒好氣地翻起白眼，穿過櫃檯、麵包架與明亮的冷飲櫃，逕自走進員工休息室。

「為什麼店長這麼早來？不是通常會先送小亞去學校嗎？」

沃爾萊特低聲問。

小亞是店長的獨生女，現在就讀國小三年級，偶爾店長忙到分身乏術就會帶著她到店裡。小亞總會乖乖待在員工休息室寫作業。

「天曉得。」我聳聳肩。

片刻，店長換穿成制服，一邊重新紮好馬尾一邊走回店內，隨口問：「今晚的生意如何？」

「普普通通。」

「小亞呢？」沃爾萊特忍不住好奇心地問。

「她今天放學過去我妹妹那邊玩，直接住下了，原本想要趁機享受久違的單身夜晚，不過翻來覆去地睡不著，乾脆過來店裡看看情況。予謙，不好意思這幾天都讓你連著上，可以先回去了。」

「店長我呢！」

「敢玩手機沒有扣薪水就不錯了，還想提早下班是在討罵嗎？」

沃爾萊特尷尬苦著臉。

我笑著拍了拍他的肩膀，開口說：「沒關係啦。」

「不用那麼客氣，本來就該怪那個上班幾天就辭職的混帳。之後絕對要採用高壓面試先狠狠痛罵幾句，否則像那傢伙一樣說那什麼『客人的要求好麻煩』、『要記的東西太多了』的爛藉口，直接蹺班說要辭職，簡直難以置信！」

「多排幾天班其實挺不錯的，最近手頭有點緊。」

店長側身擠入櫃檯，不耐煩揮著手，堅持將我趕出去。

「如果勉強到讓自己累倒就不值得了。」

店長的年紀和我差不多，卻是獨自負責這間店鋪的營運，並且養育著那位「混帳人渣」前夫留下的女兒。說話總帶著令人折服的氣勢，因此只要意見相左，我都會選擇妥協。

「那麼就承蒙好意了。」

「予謙哥再見。」

「路上小心，歡迎順便挑幾個冷藏櫃的東西當作宵夜……或者說早餐比較恰當吧？不過那個巧克力蛋糕除外，不許跟小亞搶。」

有些店鋪會堅守過期商品就要廢棄的規定，不過店長本人經常帶著各種過期食品回家，偶爾不小心進了太多貨，還會在大夜班召集值班店員舉辦猜拳大會，憑運氣決定各自想要的商品。這點也是我喜歡這間店的原因之一。

我偏頭看著幽浮造型的巧克力蛋糕。

「這個在小孩子之間很流行嗎？」

「算是吧。」

「那樣真是令人高興的事情。」

接著，我隨手拿了一個果醬三明治，回到休息室換回便服，順手將果醬三明治塞入大衣口袋。休息室通常都不會開燈，湊著從各個縫隙透入的光線，視野朦朦朧朧的。店長和沃爾萊特的說話聲斷斷續續地傳入休息室，由於隔了一道門，內容有些模糊，不過聽起來又是在炫耀那位暱稱是「沫沫」的女朋友。

「結果還是忘記問名字……」

我瞥了眼擺放在角落的立身鏡，習慣性地伸手碰觸掛在胸前的隨身碟項鍊，感受刺入指腹的堅硬稜角，接著才從後門離開。

踏出店外，寒風頓時呼嘯襲來。我冷得不禁縮起肩膀。

現在是凌晨六點左右。

天空尚未破曉，呈現深淺不一的靛黑色，隱約可見幾抹灰色雲絮與稀疏星光。

冷清的街道令內心莫名緊揪，車聲像是從很遠的地方傳來，很難想像再過幾個小時，身穿西裝的人們就會塞滿此處。塞滿。這個詞彙似乎不足以精確表達那個場景，然而我想不到其他更合適的詞彙。

我不禁抬頭，從這裡看出去的天空很狹窄，四面八方都是高樓大廈的外牆。我站在原地，凝視著遙遠天空那些閃爍的微弱光亮好一會兒才將視線放回街道，再次拉緊大衣，踩著鵝黃色街燈與陰影的間隔往前邁步。

翻捲的衣襬獵獵作響。

從大廈頂端吹落的冬風猛烈凌厲，在擦身而過時帶走了溫度、聲音與某些尚未成形的微弱情緒，迅速颳往身後的街道彼端。

原本要返回租屋處的公寓，不過我在經過一座公園的時候緩緩止步，偏頭注視被吹得前後擺動的鞦韆，突然心血來潮，決定在回去之前先繞到大學研究室一趟。

「現在應該還有人在吧……」

我呼出一口白霧，轉身走向大學。

★

天際才剛破曉。

這個時間，校園與方才經過的街道同樣冷清。幾名睡眼惺忪的大學生坐在中庭角落的桌椅，一邊滑著手機一邊隨口閒聊。

鋪石道路的兩側栽種著楓樹與欒樹，大多枯黃，只剩下凋殘的幾片褐色葉子。

我加快腳步走向目的地的木造紅磚校舍，抵達前，從外面就可以看見三樓研究室是亮著的。我先停在一樓大廳的自動販賣機，斟酌片刻才買了一個可頌麵包，單手拋呀拋地前往樓梯間。

這棟木造屋舍沒有電梯，年代久遠又位於校園角落，被學生們私下稱為「老屋」。樓梯牆面的灰銀色樓層表寫著「外星語文學系」、「二樓系主任辦公室」、「三樓研究室」、「四樓外星語文圖書室」、「五樓外星語文圖書室」等等文字。

稍微用力踩在樓梯的某些位置就會咿呀作響。凌晨時分顯得尤其刺耳，彷彿會一直在樓內迴響不散。

當我進入三樓研究室時，正好和一位站在咖啡機前面的女子對上眼。

她是千芳學姊。

同一個研究室的組員。由於總是嫌整理頭髮很麻煩，每次都在勉強可以綁成小馬尾之前就剪短，喜歡沒有任何圖案的黑色T恤和牛仔褲，整個人就像是「乾淨俐落」這個詞彙的體現。無論遇到什麼情況都有辦法冷靜思考，因為那雙上吊的貓眼與冷淡態度，在學弟妹之間被視為難以相處的類型，敬而遠之。

不過在我看來，千芳學姊只是單純不擅長和其他人相處而已。

「早安。」

千芳學姊沒有回答，皺起臉用力眨眼，似乎想要確認看到的並非幻覺。

咖啡機正好開始運作，發出細微的「嗡嗡」聲響，帶著熱氣的咖啡與奶精注入她專用的貓咪馬克杯。香氣在眨眼間充盈房間。

「難不成妳直接睡在這裡嗎？」

「……這種地方怎麼可能睡得著，沙發躺起來有夠硬的，學校又不肯撥經費讓我們買睡袋。」

「睡袋確實無關研究。」我公允表示意見，再度問：「真的待了整晚？」

「想說昨天可以把亞特蘭大的那個翻譯處理完，沒想到他們回傳的稿件是修正前的舊版本，我還看了快要半個小時才發現。真是討厭死了，如果今後有機會在研討會見到面一定要狠狠揍個幾拳。」

千芳學姊煩躁扭動手腕，作勢揮著空拳。

「那樣發個郵件就可以先回家休息了。時差是十二個小時，不是嗎？」

「對方趕著要，我也沒有心力吵架。原本想說很快，沒想到追加的資料有幾段話不是阿米卡官方語，又發現幾個夾帶典故的冷僻諺語，弄到剛剛才好不容易結束。」

「辛苦了。」

我不禁苦笑。

「早點弄完也好啦，再拖下去整個排程都會整個亂掉。反正快要資格考了，順便看點書。」

「熬夜對於身體不太好喔。」

「輪不到你這個上大夜的傢伙來說吧。」

千芳學姊沒好氣地冷哼，端起貓咪馬克杯走回自己座位。

我跟在旁邊，順手將剛剛買的可頌麵包放到堆滿各種資料、書籍的雜亂桌面。

「……又是便利商店的過期商品？」千芳學姊斜眼問。

「剛剛在一樓自動販賣機買的。不要還來，我當成自己的早餐。」

「又沒說不要！」

千芳學姊立刻伸手抓住可頌麵包，用著幾乎要捏爛的力道拿到眼前確認了保存期限，這才拆開包裝，小口、小口咬著。

我站在桌邊，凝視托著塑膠包裝的纖長手指。

剛剛在街道只是心血來潮，原本以為真有人在研究室也該是瀧本教授，卻沒想到是千芳學姊。我遲來地意識到這件事實，不禁莞爾。

「——幹麼？」

千芳學姊注意到視線，不解低頭，確定衣服沒有沾上碎屑就拿起麵包搖了搖。

「要分你一口嗎？」

「不用了。」

「這麼說起來，你最近幾天都在找這方面的資料吧，也在圖書館借了好幾本關於麵包歷史的書……怎麼？突然想要轉行開麵包店嗎？」

「不可能啦。」

「那樣就是為了寫信吧。」這句話的語氣極為肯定。

平淡氣氛當中突然混入一絲絲的突兀。

我假裝沒有注意到，繼續話題。

「既然早就猜到答案，為什麼還要問？」

「所以你到底過來做什麼的？」千芳學姊不耐煩地又問。

「心血來潮。」

這個回答似乎無法讓千芳學姊滿意。她做出一個奇怪的表情，像是想要用力嚥下什麼似的，喝了一大口咖啡才繼續咬著可頌麵包。

我信步走到窗邊，唰地用力拉開深色簾幕。

不知不覺間已經徹底天亮了。天空呈現相當漂亮的湛藍色，晴朗且遼闊。

我順著照入研究室內的耀眼光線轉頭，看著堆滿各種資料的研究室被切割成兩個區塊。光線的分界線正好穿過千芳學姊的桌子，令她滿臉不悅地蹙起眉，咂嘴表示「快點關上」。

相較於大學其他系所的研究室，這裡偏僻、狹窄且老舊。

這是瀧本教授的意思。他表示只要有一套桌椅、擺放資料的書架以及一臺咖啡機就足夠了，幾十年來獨自待在這棟老屋，持續做出舉世聞名的成果。

我和千芳學姊在取得學士證書後成為瀧本教授的研究生，同樣在此協助進行外星語言的翻譯與研究……

「——你又在發呆了。」

我猛然回神，轉頭的時候正好看見千芳學姊雙手環抱在胸前，側著身子。

「那個有事沒事就突然盯著天空發呆的習慣不能改改嗎？上次兼差助教的時候竟然直接在教室角落發呆，半張著嘴，照片都被拍下來了，害得那陣子光是走在你旁邊就會被其他學生笑。」

「那件事情確實有在反省。」

千芳學姊冷哼一聲，開口問：「在想什麼？」

「我並不討厭研究室的氣氛。」

「前言沒對後語的。如果你是來找教授的，現在先回去睡覺，下午再來吧。他昨天確認完那套編年史小說的第九版校潤檔，回去時看起來眼睛都睜不開，說不定整天都見不到人。」

「我也不是專門過來找教授的。」

「是喔。」

千芳學姊不置可否地聳肩，像是突然失去了興趣，整齊摺好塑膠包裝才扔入垃圾桶。我曾經問過好幾次為什麼要那麼做。明明都要扔掉了，豈不是白費時間嗎？但是從未得到正面回應。

千芳學姊將視線轉到筆電螢幕，開始敲打鍵盤。

她只要進入工作模式就很專注，對於周邊發生的事情充耳不聞，如果執意開口搭話還會被罵。擁有上司名分的瀧本教授多少會令千芳學姊忍住焦躁，不過表情依然會很難看。我不曉得他們兩人原本的相處方式，只是當我進入這間研究室，教授就將碰釘子的傳話任務都推給我應付。

不幸中的大幸，工作模式可能持續好幾個小時，也有可能數分鐘就結束。

電腦主機與空調都發出持續運作的嗡嗡聲響。

兩者交織成為奇妙的共鳴，在研究室內迴盪不散。

我信步走動，考慮著是否要處理一些簡單的工作，想想還是作罷，最後又走回窗邊。片刻，等到千芳學姊舒展著肩膀關節，我才再度開口：

「還好嗎？」

「這個問題未免太含糊了。」

「嗯……有什麼新消息嗎？」

「我們可是生活在資訊爆炸的時代。教授那篇關於母語與第二外語的論文截稿日期是本月月底；補助採購新電腦設備的款項差不多要撥下來了；教學大樓的餐廳新開了一間麵包店；珀爾典太空站好像快要完工了，到時候會配合即將迎來五十週年的維多利亞月面基地舉辦各種慶祝活動吧，換句話說，我們原本就很多的工作會變得更多。真是討厭。」

我原本想要詢問的其實是資格考準備得如何。

儘管如此，剛上完大夜班的思緒不太清晰，遲遲想不到該如何轉回話題。

千芳學姊又抱怨了幾句，不時用手指關節輕敲著桌面。

咚咚、咚咚、咚咚的。

我很快就放棄，再度拉起簾幕，唰地讓視野所見的物品籠罩上一層淡淡晦暗。

「那麼我回去了。」

「嗯嗯。」

千芳學姊隨口應了一聲，再度進入工作模式。

我正要踏出研究室的時候卻突然被喊住。千芳學姊拿起放在桌邊一份牛皮紙袋的包裹，往後將椅背壓到極限，伸長手臂遞出。

「這個拿去。昨天傍晚才剛送到的，你應該還沒看過。」

「裡面是什麼？」

「最新一集的期刊。有收錄教授發表的論文，就是你為了確認禁止外借的資料跑了好幾趟宇宙航空院那篇。」

「那也不是需要特地拿回去看的東西吧……」

「囉嗦那麼多做什麼，拿去啦。」

我道謝接過包裹，盡量不發出聲響地緩緩掩上木門，離開研究室。

★

當我回到租賃的公寓套房，在開門時被靜電電到了，只好換成左手，抓住衣襬隔著開門。

一房一衛的套房實在稱不上寬敞，生活所需最底限的家具與設備幾乎將所有空間都塞滿，堆滿了書籍與資料，只留下一條從玄關延伸到窗戶的狹窄道路。話雖如此，大多數的時間都待在研究室和打工場所，其實有沖澡和睡覺的空間就足夠了。

房內空氣沒有流動，帶著彷彿令人窒息的悶塞感。開了窗戶也幾乎沒有改善。

將剛才在附近便利商店買的微波便當放到書桌角落，我搓揉著指腹，坐到電腦桌。手邊有不少事情必須處理，然而連續幾天打工的疲倦忽然湧現，當下連走到旁邊床鋪的力氣都消失了，趴在桌面，很快就枕著手臂沉沉睡去。

接著，我被某種細小硬物敲擊的聲響吵醒，過了好一會兒才注意到下雨了。雨勢迅速加劇，眨眼過後就變成癱瘓聽覺的暴雨。

我急忙伸手關起窗戶。

陰鬱暗沉的天空灰濛濛的，難以辨識晝夜，不禁懷疑自己是否睡掉整整一天。身體某處傳來微妙的不協調感，似乎忘記了什麼事情。我保持凝視窗外的姿勢伸手摸索，睡意與倦怠都尚未退去，腦側更是有些暈眩，因此我動得很慢，片刻才從大衣口袋拿出被壓得扁扁的三明治。

「啊……」

草莓果醬幾乎都被擠出來了，沾滿塑膠包裝的內側。

看著已經冷掉的便當與塑膠盒子邊緣浮出的油漬。我忍住嘆息，在等待電腦開機的期間胡亂將果醬三明治塞入嘴中，可以操控滑鼠時就迫不及待地開啟信箱。

裡面有五封新信件。

兩封看標題就知道是垃圾廣告，一封是瀧本教授回傳的校潤稿，一封是店長傳的下月班表，最後一封的寄件者是「宇宙航空院通信局」，信件名稱則是「愛比蓋兒

・馮・雷斯米雅德的新信件確認通知」。

寄件人的部分可以將全名修改為暱稱，我們討論過幾次，不過愛比蓋兒遲遲沒有進行更改手續。她向來不喜歡變化。

我先將信件下載，備份到雲端，接著再複製一份到隨身硬碟。

執行這些動作時總是極為專注，挺直脊背，雙眼凝視著螢幕，唯恐出現任何差錯，每一個動作之前都會再三確定游標末端才點擊滑鼠。即使重複過不曉得多少次，我也不曾鬆懈。

這是深深烙入骨髓的動作，帶著堅持、信仰與畏懼。

直到看見信件的文件檔案順利移動到隨身硬碟，我才如釋重負地吐息，往後躺在椅背。

我隨手將兩封廣告信扔到垃圾桶，開啟教授和店長寄來的信件大略檢視內容，確定不需要立即回信就關閉，深呼吸一口氣才慎重開啟愛比蓋兒的信。

檔案並不大，讀取條很快就跑完了。

信件內容隨即出現在螢幕。

「感謝妳的回信，愛比蓋兒。」

我柔聲對著螢幕喃喃自語，為了平緩情緒，起身走到房間角落泡咖啡。

不同於研究室最新款式咖啡機與高級咖啡豆，房間內只有飲水機與即溶咖啡。

引用千芳學姊的評語是「褻瀆真正咖啡的味道」，不過我在這點贊同瀧本教授經常掛在嘴邊的說法——味道其次，咖啡因才是最重要的。

淺藍色的金屬攪拌棒不曉得放到哪裡去了。馬克杯表面漂浮著塊狀粉末，載沉載浮的。

直到熱氣都消失了，我才端著馬克杯坐回電腦桌，一邊緩緩搖動杯子一邊閱讀信件內容。

我與愛比蓋兒是一對戀人。

我們相識超過二十年，每週都會互相通信至少三封，向彼此敘述各種日常瑣事，若要提及稍微與眾不同的地方，大概是愛比蓋兒是生活在距離地球一百光年之外的外星人這點吧。

致愛比蓋兒：

您好。

現在外面正下著雨，淅瀝聲不絕於耳。

不如說，過去這幾天，我所居住的城市一直都在下著雨。偶爾是磅礡大雨，幾乎癱瘓了聽覺；偶爾是不用撐傘的綿綿細雨，雨勢幾乎沒有停歇。

外出的時候頗為討厭，弄溼的鞋襪與衣物都很難處理，不過待在室內的時候，不管是研究室、便利商店或公寓房間，我會什麼事情都不做地靜靜聆聽。這麼看來，我應該是喜歡雨聲的。

持續落下的雨水包圍住房間，隔絕了四面八方來自遠處的聲音，有種待在宇宙船裡面的錯覺。當然了，我從未離開過地球，連飛機都不曾搭過，然而每當聽見雨聲總會想到這個比喻。

那是一種奇妙的安全感。

寫到這邊才想到以前應該提過類似話題，就不贅述了。

妳在上一封信特別詢問過關於「麵包」的話題，表示至今為止都以為那是類似米飯的食物，有著各式各樣加工添加的口味。

這部分是我的失誤。回顧過往信件，確實沒有形容過麵包的外型，也沒有提及製作方式，最初使用了「地球人們的主食之一」進行說明，確實很容易聯想成米飯、麵條的模樣。

過去幾天，我在大學圖書館查了相關歷史，得知地球的人們在三萬年前就有製作麵包的紀錄……準確而言是麵包前身的發酵餅。這項食品則是在一萬年前成為某些地區的主食。

至今以來，我們地球將阿米卡官方語的「洽爾斯」翻譯成「主食」，也就是以碳水化合物為主的食物，米飯、麵條、麵包，以及玉米、馬鈴薯、芋頭等等的加工食品都包含在內。

現在來看，這個詞彙涵括過廣，其中想必有著地球不存在的品種，我也同時對於阿米卡星……或者說妳所生活的地區沒有類似「麵包」的食物這點感到訝異。

世間普遍認為地球與阿米卡星極為相似，不過那是極為宏觀的看法，生物演化經過了十億年以上的漫長時間，只要其中出現一個變因就會出現截然不同的結果，尤其我們兩顆星球的變因不止一個，而是無法估算的天文數字。

文化本身更是累積了難以計數的萬千年，無論多麼相似也不可能相同。

這麼想來，在近乎無垠的宇宙同時存在著地球、阿米卡星兩顆具有生命的星球，這件事情本身可謂奇蹟。

我們的書信交流持續了超過二十年，地球與阿米卡星的交流更是將近百年，卻在麵包這麼日常的事情上面出現誤會，能夠發現這點或許相當幸運。

我打算趁著這個機會重新閱讀以往信件。

說不定今後的話題會有些跳躍，也會重新提起一些往事，還請見諒。

不久前曾經提過，我們研究室的瀧本教授正在努力說服幾家私人機構投資外星通訊這塊領域。進展頗為順利。

如果有更多機構願意展開通訊業務。人們的選擇將會增加，費用則會大幅降低，進而導致更多人願意嘗試將信件寄送至一百光年以外的星球，隨著地球與阿米卡星的交流益發深遠、密切，集結雙方的科技力，將有機會做出超越薩爾亞斯教授的「人工蟲洞」成就，實現「真正的交流」！

像是本次「麵包」這樣的誤解，想必也會減少吧。

我們的想法將會更加精確地傳遞給對方。

光是想像就感到無比欣悅。

今天準備離開打工的便利商店時，店長提到了要將幽浮造型的巧克力蛋糕帶回去給她的女兒小亞。不曉得妳是否記得小亞？她現在已經是充滿活力的小學生了。

記得在我和小亞差不多年紀的時候，有過一波阿米卡星的熱潮，身邊所有人都在談論關於妳們的話題。有著政府正式公布的官方消息；也有著在網路流傳甚廣的謠言，無論真假，我們都想要知道更多關於阿米卡星的事情。

儘管如此，近百年後的現在，無論多麼振奮人心的新發現也被視為理所當然，身邊的人們不再提起阿米卡星，即使出現重大突破也只是占據新聞、報紙角落的小小篇幅。

現在想來不禁有些感慨。

知道像是小亞這樣的孩子依然對於宇宙抱持著興趣，喜歡著幽浮造型的蛋糕，這件事情讓我意外地極為開心。

妳在小時候是否有過類似經驗呢——在臥室某處掛著幽浮與宇宙船的模型。並不是央求雙親買的仿真玩具，而是自己從雜誌、文章剪下來的自製品，將厚紙黏在後面做為補強，用剪刀的尖端在上面鑽洞就可以做成吊飾。

現在我的房間當然沒有掛著那些玩具，以前製作的也沒有丟棄，大概依然好好收藏在老家房間的抽屜裡面吧。

最近，地球即將迎來冬季。阿米卡星的氣候與地球相仿，同樣有著懸殊的地區差異，妳所居住的區域極為寒冷，在冬季……在第五個季節總會降下鵝毛大雪。

這時總會想起妳曾經提過名為「祈雪」的習俗。

第一片雪花飄落那日，家家戶戶會在門口升起焚火，拿出屋內破舊的衣物，依序燒毀，讓裊裊攀升的煙霧將過去一年積蓄的噩運帶往天空，接著穿上親手縫製的新衣。其中又以時常穿戴於身的披肩帶著特殊涵義。

由妻子縫給丈夫、女兒縫給父親、女友縫給男友，花費許久時日編織出複雜華美的紋路，將祈求平安的心意縫入披肩之內。

如此一來將會安然度過接下來的嚴寒冬季。

我所居住的城市不會下雪，過去十多年來只有幾次冰雹與霜霰，在街道邊緣被行人踩踏得髒兮兮的，從未親眼見識過堆積起來的靄靄白雪。妳說過雪的觸感比看起來更有存在感，用力一捏會在掌心變成類似冰塊的物體。

在過往的信件當中，妳對於積雪總是表現出習以為常的厭倦，我卻依然懷抱著對於未知事物的憧憬，期待將來有一天可以親手碰觸積雪，到時候就可以在信中提及地球的雪摸起來是什麼樣的感覺了。

等到第五個季節過去，森林最大的那棵樹冒出第一棵幼苗，妳們則會舉辦名為「新生」的祭典，使用圖雅語來唸是「弗路克」的發音對吧？男方將會前往森林獵捕從冬眠中甦醒的野獸，將毛皮、爪牙做為回禮，送給冬季來臨前贈與自己披肩的女方。

當然，我知道現在已經不是獵捕野獸的時代，改以飾品、珠寶做為替代。

對於關係並非那麼親密的男女而言，回禮的飾品種類也代表著回覆。地球也有著類似習俗，在名為「情人節」的節日會由女方贈送巧克力給傾慕的男方，隔月的「白色情人節」則由男方回禮。

棉花糖是「拒絕」、餅乾是「友情」、糖果是「愛意」、馬卡龍是「重視的人」。

如果有機會，希望能夠聽到飾品、珠寶種類所蘊含的意義。

記得首次聽聞這件事情的時候，我對於女方必須在無法外出的寒冬當中等待數個月才能夠聽見答覆感到不捨。換作是自己肯定無法忍受那麼長的一段時間，現在想來，卻稍微能夠體會……

不好意思，話題似乎有些扯遠了。

我所居住的這座城市在今日迎來寒流，心有所感，不曉得妳那邊是否也即將來到穿上新披肩的日子。

我很期待今年冬季可以知道更多關於阿米卡星、關於妳的事情。

天氣漸涼，希望保重身子，不要感冒了。

靜候妳的回信。

予謙 敬上

2. Amica

在我出生的七十多年前，位於祕魯的天文臺第一次接收到來自遙遠宇宙某處的電子訊號——來自外星人的電子訊號。

後世稱為「初次接觸」的事件轟動了全世界。

人們陷入狂熱的宇宙熱潮當中。

無數學者轉而埋首於外星相關的領域，每個國家都在宇宙航行方面傾注大量資金，試圖得到第一個接觸外星生命的歷史性殊榮，民眾更是引頸期盼著初次接觸的後續發展，不分日夜關注著新聞媒體發表的最新消息。

結合專家、學者與最新技術，斷斷續續得到關於那顆行星的詳細資料。

該行星距離地球一百光年，在所屬的波曼爾星系當中位於生命可能圈圈內，誕生時間、直徑、質量、氣壓等等方面的數值都奇蹟般地與地球高度相似，稱之為第二個地球也不為過，正是演化出智慧生物與發展文明的絕佳場所。

經過數週的冗長討論，國際天文組織最終決議以拉丁語的「Amica」替該行星命名。

——阿米卡。

代表著「友人」之意的詞彙。

在遼闊、無垠且寂寥的廣袤宇宙當中，唯一一顆做為地球友人的星球。

話雖如此，有不少人仍然習慣當時網路用法的「外星」。

這是前所未聞的重大進展，然而對於阿米卡星的研究卻很快遭遇瓶頸，因為阿米卡星與地球的距離是一百光年。

即使當時科技已經足以登陸火星、在太陽系建立數個大型太空站，普通人經過短期訓練也可以自由前往月球進行太空旅遊；很遺憾的，地球的宇宙航行技術依舊無法超越光速，自然也不曾航離太陽系。

推測阿米卡星的文明程度與地球相差無幾，因此至今所收到相關情報都是仰賴百年前、甚至更久之前的計畫。

各國學者都傾盡全力朝向阿米卡星發送訊息，然而那些以光速傳遞的訊息必須花費一百年的時間才能夠抵達目的地，接著再度花費一百年的時間返回地球。

國際天文組織在官方直播中沉痛地表示，兩顆星球的交流或許會陷入「空白的兩百年」。

在那場直播不久，一名天才打破了困境。

日後被稱為人類史上最偉大物理學家的凱爾・勞伯頓・薩爾亞斯發表了一則關於人工蟲洞的論文，內容提及這項技術有機會將一百光年的距離化整為零，在地球與外星之間建立便捷快速的通訊手段。

獲得各國大量資金與人才援助的薩爾亞斯博士在數年內成功實踐理論——發明了透過人工蟲洞傳送訊息的儀器。雖然僅止能夠傳送文字檔案，無法傳送圖檔、音檔，依舊是足以在數十分鐘內讓文字跨越一百光年的劃世紀發明。

星際間通訊儀器也讓地球與阿米卡星的交流邁入下一個里程碑。

超越星辰數目的龐大文字在一百光年的距離內往來傳遞，兩顆星球的交流也得以延伸到歷史、文化、藝術等等更加複雜深入的層面。

那之後，地球太空總署聯合了所有國家，傾盡財力與技術，花費將近五十年在月球建造一座足以讓人們長期駐留生活的維多利亞月面基地，做為外星研究的最前線，也做為「建立星際間文明」這個遠大目標的第一步，地球至今仍舊與阿米卡星保持著互相交流的良好關係……

★

今天醒得比手機的鬧鈴更早。

我繼續閉著眼，感受介於夢境與現實之間的縹緲感，好幾秒才注意到窗外傳來雨聲。

意識到這點的瞬間，雨的氣味就在鼻尖縈繞不散。

總覺得自己夢到了阿米卡星……夢到了愛比蓋兒生活的那座村落，但是沒有證據。我蜷縮起身子，讓膝蓋抵住胸口，然而數秒前那麼鮮明的夢境只剩下模糊輪廓，無論怎麼回想，除了殘留在角落的悲傷就想不起其他細節了。

每當收到信的那晚都會作夢。

冬雨持續敲打在玻璃。

咚咚、咚咚、咚咚的。不規則的聲響令意識逐漸清醒，連帶導致身處夢境的縹緲感流逝而去。

「雨從昨晚就沒有停啊……好冷，真不想去學校……」

我搖搖晃晃地走下床，一邊關掉手機鬧鈴一邊用力踩踏冰冷的地板。

簡單盥洗後，我從小冰箱取出昨晚喝剩的牛奶，倒進鍋子裡面加熱。專門用來溫牛奶的雪平鍋在不久前壞掉了，房間裡面沒有微波爐，現在用著搬過來時千芳學姊送的大鍋子。

瓦斯爐的青白色火舌猛烈竄動。

不多時，牛奶表面結出一層薄膜，隨著沸騰的氣泡上下起伏。

愛比蓋兒從不使用電腦，她說自己喜歡用紙筆一個字、一個字寫下來的感覺，因此總是那麼做，等到前往鄰鎮市集再麻煩通訊局的櫃檯人員打成電子檔寄出。

信件內容從地方通訊局轉給總站，經由聯邦宇宙總部的星際間通訊設備穿越一百光年的距離，由維多利亞月面基地接收，經過地球宇宙航空院通信局的職員重新分段排版，並且消除因為太空磁場受損、變成亂碼的部分，最後寄送到我的電子信箱。

愛比蓋兒的每封信都是親手撰寫的。

我總是直接打成電子檔，對於那份堅持感到尊敬。

等到牛奶徹底煮沸，我關掉瓦斯爐，用雙手拿起大鍋子小心翼翼地將冒著熱氣的牛奶倒入保溫瓶。有幾滴灑了出來，在流理臺的金屬表面滴出放射狀白色圓點。

簡單清洗完廚具，我踱步走回電腦桌。

螢幕顯示著信箱收件匣的畫面。打從昨天登入就一直沒有收到新信件。

我和愛比蓋兒的慣例是收到一封信再寄出下一封，妳來我往，幾乎不會出現例外，不過內心某處還是期待著收到更多封信。即使知道沒有意義也會反覆確認信箱。

重新整理了一次頁面，依舊沒有收到新信。

我打開昨晚寫完的那封信，再度審視內容，確定沒有錯漏字。

想過好幾次是否要提起沃爾萊特交了女朋友的最新消息，打出一段內容又刪除，重複了好幾次，斟酌許久還是作罷。畢竟快到字數上限了。這個消息就留到下一封信吧。

我屏住呼吸地按下送出鍵。

螢幕中央的圓圈跑了好幾秒，接著跳出「信件寄出」的提示。

心底湧現出奇妙倦意，彷彿結束了一項大工作。我將電腦關機，拿起掛在椅背的大衣和側背包，離開套房。樓梯間的通風小窗沒有關，地板溼成一片。我小心翼翼地避開積水，準備踏出一樓大門時就聽到了手機的提示音。

那是通信局發來的簡訊，表示剛才那封信順利寄往阿米卡星了。

我稍微用力地握緊手機，安心感油然而生，不由得抬頭凝視著灰濛濛的天空。視野只有陰鬱沉暗的厚重雲層，看不到太陽、月亮或星星，當然也看不到更遙遠的宇宙。

稀疏雨絲斜斜地劃落。

即使知道星星會在雲後的相同位置持續閃爍，無法親眼確認還是令人感到不安。

好一會兒，我才猛然回神。

「如果千芳學姊在場，應該會罵我又在發呆了……」

我低聲苦笑，清楚浮現千芳學姊單手扠腰的無奈表情。

雨勢是不需要撐傘的程度，看起來會斷斷續續地下一整天。

我重新拉好外套帽簷，慢跑著前往大學。

租屋處位於大學周邊，附近街區有許多以大學生為客群的餐廳、商家，也有百貨公司和大型商場，熱鬧繁華，直到深夜依然充滿燈光、喧鬧與各式各樣的氣息。如果以愛比蓋兒生活的那座幽靜村子為基準就更是如此了。

途中，我稍微繞道，經過打工的那間便利商店。隔著馬路與落地玻璃可以看見在櫃檯忙著收銀的店長，但是沒有看見沃爾萊特的身影。

如同愛比蓋兒經常在信中提及家人的近況，我也經常向她提起身邊的人們，像是大學指導教授的瀧本誠十郎、青梅竹馬的千芳學姊；便利商店的店長、小亞、沃爾萊特。

地球與阿米卡星的交流已經超過半個世紀。

地球有著近七千種的語言，阿米卡星則是有破萬種語言。在只能夠傳送文字的情況之下，連最基礎的辭彙都花費了將近十年才順利解析出大概的意思。

進展實在難以說是順利。

地球與外星的官方交流語言分別是英文與阿米卡官方語。

話雖如此，愛比蓋兒的母語是圖雅語，那是她自幼生活的村落與周邊城市所使用的語言，數千年來皆是如此。使用人口約三千萬，並非主流語言。

最初幾年，我們的信件都是由英文與阿米卡官方語寫成。

一封信需要琢磨思索好幾天，明明使用一個詞彙就可以精準表達的意思，我們卻得使用好幾句話才有辦法勉強說明，更是經常發生寄出之後才意識到文法錯誤、產生歧異的情況。

隨著年齡增長，我們在信件當中使用各自的母語，彼此說明、摸索與猜測，更加深刻地理解對方真正想要傳達的意思。

更加深刻地碰觸彼此的內心、碰觸彼此的靈魂。

話雖如此，即使學了超過十年的阿米卡官方語、圖雅語和幾種冷僻語言，有時候依然會看到難以理解的內容。在這種時候，我不會率先認定是錯字或誤字，翻著自行整理的資料與過往信件，反覆閱讀前後文，思索著愛比蓋兒想要傳達的意思。

一個字、一個字珍惜地閱讀著那封跨越一百光年的信件。

這點也是我得以在世界知名的頂尖學者瀧本教授底下工作的主要理由——多虧了過往摸索分析的經驗，即使是首次見到的外星語言，我也有辦法在短時間內譯出大致意思。

慢跑時很容易胡思亂想，卻不外乎是阿米卡星、愛比蓋兒與工作的事情。

呼出的白霧很快就飄散無蹤。

速度並不快，但是不會停下，在等待交通號誌轉變的期間也原地踏步。

我持續超過行人，聽著自己的心跳，不過在經過百貨公司時被迫止步。前廣場聚集了許多人，堵得水泄不通。各種顏色的雨傘彼此重疊。

我一邊平緩呼吸一邊跟著抬頭。

外牆的大型電視螢幕正在播放新聞，內容是維多利亞月面基地即將迎來五十週年紀念日，預計舉辦盛大的慶祝活動。女主播依序讀著各國政府的新聞稿，發表祝賀之意，期許藉此敦睦與外星之間的關係。

「單指星球的時候至少用阿米卡星吧，那才是正式名稱……」

我喃喃自語。

雨絲打在臉頰，冰涼且刺痛。

片刻，畫面切換成一艘停放在機庫的新型宇宙船，似乎是在宇宙航空院的發射中心進行現場直播。好幾名身穿亮藍色制服的工作人員在後方走動。

這位主播顯然有做功課，一邊訪問工作人員一邊將學術名詞控制在普通人也有辦法理解的程度，流暢進行介紹，不過沒有值得一聽的新情報。只要打開官網就可以查到。

聚集在前廣場的群眾紛紛離去。

對於他們而言，這則新聞與發表結婚消息的知名演員、在豪雨中出現淹水災情的城市，以及發生在某條街道的車禍應該沒有太多差別吧。

遙遠宇宙的另一端確實存在著地球以外的文明，這是極為震撼人心的事實，也是人類千百年來都在尋找的目標。儘管如此，以光年為單位的距離太過、太過遙遠了，縹緲且缺乏真實感，甚至難以視為日常生活的一部分。

我用掌底擦去臉頰上的雨水，低著頭，混入人群當中快步遠離了電視牆。

★

當我抵達大學時，雨正好停了。

從校門往內延伸到的筆直鋪石路面被浸溼，呈現某種深沉的暗黑色，積著或大或小的水窪。那些水窪匯聚而成的清澈水流，沿著路旁白線朝向低處流去。偶爾有風吹過，兩側林木的枯葉就會被吹得颯然作響，顯得蕭瑟寂寥。

我放慢腳步，沿著圍籬矮牆進入位於校區角落的老屋。

這裡一如往常的安靜。

不同於其他場所，那是令人感到舒適的安靜。

我先在門口階梯踢去鞋底汙泥才踏入大廳。整棟樓層都是外星語文學系的相關處室，由瀧本教授負責管理，話雖如此，幾乎每位前來採訪的記者與來自國外的學者見到眼前的老舊屋舍都難掩詫異神色。凡是接觸過外星領域的人都聽過「瀧本誠十郎」的大名，卻沒想過那些研究出於此處吧。

瀧本誠十郎原本專攻天文領域，在大學時期突然轉換領域，投入外星語言的研究，花費數年獨自編寫出第一本準確度極高的官方語辭典，可謂貨真價實的天才。其後，他透過星際間通訊設備，大量翻譯外星作品，讓世人知曉關於阿米卡星的文化、歷史與諸多事物。

業界甚至流傳著「沒有瀧本誠十郎，地球與阿米卡星的交流將會停滯數十年」的說法。

身為世界知名的頂尖學者，瀧本教授婉拒了國外各大學府與研究機構的邀約，選擇待在自己畢業的母校繼續研究。

從小讀著瀧本教授的著作長大，並且使用他編纂的阿米卡官方語辭典和愛比蓋兒書信交流，我正是因為這份憧憬才會進入這所大學，並且選擇踏上成為阿米卡星語文學者的道路。

當我爬完三層樓的樓梯，正好看見千芳學姊站在研究室門口。在對上視線的瞬間，她立刻不懷好意地勾起嘴角，快步迎上前。

「予謙，來得正好，有一件重大的任務。」

「依照我們倆的交情，那種語氣從來不會有好事耶。」

「你多心了。」

千芳學姊伸手搭住我的肩膀，強硬地讓我原地轉了半圈。

「前幾天那位想要預約採訪的記者出乎意料地很有毅力，被拒絕了那麼多次還是鍥而不捨地繼續打電話過來，今天甚至九點多就跑到老屋門口。現在正待在一樓的會客室。」

「等等，該不會要我去吧？」

「加油喔。」

「不要講得這麼輕描淡寫啦！」

「這是教授的命令。」

千芳學姊捏住鼻梁，模仿瀧本教授的低沉嗓音。

「你們兩個誰都好，想辦法把那個記者打發回去，在中午討論編年史的新書資料卡之前搞定。原本只有我待在研究室，頗為尷尬，姑且先出來外面拖延時間，既然你剛好出現就沒問題了！」

「其他的學弟妹呢？」

「他們都只是過來幫忙整理資料的，有些人連阿米卡官方語都讀不順，哪來的資格代表研究室接受採訪？」

「那麼高了我一個年級，又是瀧本教授首位研究生的李千芳學姊，應該是僅次於教授本人，第二順位有資格代表這間研究室的人吧。」

「囉嗦什麼，要你去就去啦。第三順位的。」

千芳學姊湊近睡眠不足的俏臉，不耐煩地說。

我從小到大都爭不過她，這次也不例外，當下認命地交出隨身物品，轉身走回樓梯間。

「拜拜。」

我知道千芳學姊肯定在偷笑，因此沒有回答。

這棟老屋從創校當時就位於此處，未曾改建，不過偶爾會像現在這樣需要接待記者、學者。校方在數年前特地聘請知名室內設計師翻新了會客室。雖然瀧本教授實際踏入會客室的次數屈指可數，主要都是千芳學姊和我在使用。

那位記者穿著筆挺西裝，胸前掛著綠色訪客證。在我開門時就立刻站起來，稍嫌誇張地用雙手遞出名片。

「非常感謝願意接受本社的採訪！」

那是一間業界知名的大型出版社，專門出版阿米卡星的相關書籍，類型橫跨翻譯文學、百科全書、傳記、字典與童書，更有發行數部雜誌。研究室也有訂購他們發行的月刊。名片下方寫著職稱的「記者」與姓名的「梁奕凱」。

我將名片收入口袋，擺出委婉拒絕的態度。

「不好意思，你親自過來學校，不過教授最近忙於研究。」

「當然可以理解！瀧本教授的行程想必排得很滿！」梁記者的燦爛笑容沒有絲毫減少，理所當然地說：「既然如此，請林予謙先生代為接受採訪吧。」

「不好意思，請問我們見過嗎？」

「林予謙先生說笑了，您可是被譽為繼瀧本教授之後的天才學者。跑外星領域的記者怎麼可能沒有聽過您的名字。」

我遲來地理解到梁記者打一開始就知道沒辦法採訪到瀧本教授，然而無論如何都要寫一篇文章，採訪他的兩位研究生就是候補方案。難怪剛剛千芳學姊表現得如此不情願，大概在接電話的時候就隱約察覺到這份意圖了。

我不禁搖頭苦笑。

「教授在年輕時就糾正了許多阿米卡官方語的錯誤，破譯出數種外星語言，並且在天文、宇宙工程和外星文化都有所涉獵，那才是真正的天才。我只是一介普通的研究生，將我們相提並論實在誠惶誠恐。」

「不不不，您在外星語言的領域很有名呀！目前已經翻譯了超過百本的外星著作，瀧本教授過去幾年發的論文也都可以看見您的名字。」

「畢竟這個也算是工作。」

「年紀輕輕就有著如此成就，那是很不簡單的事情！」

「過獎了。」

「同研究室的李千芳小姐在前幾個月發表的那篇論文見解獨到，結論寫得非常好，令人佩服。如果行程許可，不曉得能否同時採訪兩位？」

「這點可能不太方便。」

「沒關係，沒關係，今後有機會的話請務必接受我們的採訪！」

真是很健談的人。我遲來意識到我們一直都站著，急忙擺手示意梁記者坐下。

梁記者將錄音筆放到桌面，取出小筆記本和鋼筆，開始提問。

並不是第一次代替教授接受訪談，我對於流程也有個底。

如果是偏向專業領域的雜誌會詢問對於最新研究、宇宙航空院近期計畫與成果的見解；如果是面向大眾的雜誌則會挑選常見、有趣的外星常識做為開場。從千芳學姊和我都是候補判斷，這次應該是後者。

果不其然，梁記者一開始的話題就是凱爾．勞伯頓．薩爾亞斯博士。

在「初次接觸」不久就發表人工蟲洞的論文，實踐理論，並且以此為基礎，發明星際間通訊儀器的物理學家——薩爾亞斯博士的名字如同伽利略、牛頓與愛因斯坦，即使是不諳科學的普通人也有所耳聞。

薩爾亞斯博士的個性謙虛，多次公開表示這項發明，是兩個天文數字般的奇蹟相乘才偶然得出的結果。

縱使順利發明以人工蟲洞為基礎的文字傳訊設備，阿米卡星也必須有一名學者注意到從人工蟲洞傳遞出的電子訊號，進而理解相關理論並且製作出接收、發送的設備，才能夠使得「交流」得以成立。

身為物理學家卻將結論歸功於奇蹟，似乎也說明了一切。

人工蟲洞依然存在許多尚未解析的謎團，星際間通訊設備只要傳送文字以外的檔案就會失敗，圖檔、音檔與壓縮檔都不行，唯有文字能夠順利通過。對此，薩爾亞斯博士本人也親口承認過無法解決，而且窮盡今後的人生或許依然沒有機會出現技術性突破。

打從人工蟲洞的發明以來，地球與阿米卡星的聯繫始終極為緊密。

星際間通訊設備已經普及到各國，大都市都設立著收發站，只要待在櫃檯填寫完資料，花費十多分鐘即可將信件寄往阿米卡星，填寫幾張表格更可透過手機線上操作，直接使用電子信箱收發信件，無須親自前往通信局。

根據地球太空總署去年發表的統計資料，不分日夜都有媲美宇宙繁星數量的文字跨越一百光年互相傳遞。

儘管如此，地球與外星的交流僅止於文字。

我保持著客套笑容，依序回答梁記者的問題。

訪談的過程相當順利。梁記者的問題都切入關鍵，對於業界的最新情報與著名逸事也耳熟能詳，流暢接話提問，除了中途隨口詢問我是否有長期聯絡的外星友人，而我無法果斷承認有一位戀人導致對話停滯了數秒，氣氛略顯尷尬，幸好梁記者很快就開啟新話題，不了了之。

★

結束訪談，我送梁記者離開。

站在老屋的屋簷內側，我看著梁記者的身影很快就消失在校園轉角處。天空依然灰濛濛的，隨時有可能下雨。

路面石磚的縫隙依然殘留著水窪，倒映出模糊景色。我維持著抬頭凝視天空的姿勢，不曉得過了多久，直到聽見身後傳來木頭地板被踩踏的咿呀聲響才猛然回神。

瀧本教授不疾不徐地走到旁邊。

他穿著襯衫、西裝長褲與白袍。灰白色的頭髮梳得很整齊，微微下垂的雙眼布滿皺紋，容貌難掩蒼老，然而黑框眼鏡後方的雙眼炯炯有神，彷彿有一根不會折斷的芯貫穿身子，對於外星領域的熱情更是令教授有著不亞於年輕人的精神與活力。

希望在瀧本教授手下工作、學習的人們多不勝數，然而他從來沒有收過任何助手或研究生。身為本校外星語文學系的系主任卻只是掛名，實際從未開課也不插手任何系上事務，總是獨自待在這棟老舊的紅磚屋舍翻譯著從阿米卡星寄來的無數文字。

正因為如此，當千芳學姊成為他的首位研究生時，可是轟動業界的大消息，甚至傳出一些不太好聽的流言蜚語……

我搖頭甩去那些想法，躬身打招呼。

「教授好。」

「真是不好意思，總將這些事情推給你們處理。」

瀧本教授的雙手各自端著一個馬克杯，邊說邊將左手那杯往前遞出。剛沖泡好的咖啡散發著濃郁香氣。

我急忙伸手接過，這時才發現手指凍得幾乎失去知覺。

「不會，這個是分內之事。雖然講句實話，我站在讀者立場也很想看看教授的新訪談，上一篇已經是前年的事情了。」

瀧本教授揮了揮手，將稍微滑落的黑框眼鏡重新推好，同樣抬頭仰望。

「你和那位穿著亞麻披肩的人兒依然保持著聯繫嗎？」

——穿著亞麻披肩的人兒。

這是瀧本教授給愛比蓋兒取的暱稱。

當初在研究生的面試時，我提到自己有一位阿米卡星的筆友，從國小就保持聯繫至今，也說了關於祈雪祭典的細節以及愛比蓋兒親手縫製的那件紫紅色亞麻披肩。這件事情令教授印象深刻，那之後總是這樣稱呼。

「是的，昨天正好收到了她的回信。我們最近在討論麵包，一直以來，她都以為麵包是某種外型類似米飯的主食，如果不是愛比蓋兒主動詢問食譜、烹煮方式等細節，我大概不會注意到這個誤會。」

「語言是極為纖細的事物。」

瀧本教授沉穩地開口。

「同樣一句話也會因為時機、場合帶給聽者截然不同的意思，使用同樣母語的地球人在交談時，已經很難完整傳達出內心的真正意思，遑論還有文字、文化、價值觀等等的諸多要素。」

「深有同感。」

「說是這麼說，人類天生就是群居的生物，一個人是沒有辦法活下去的。遠古的時候如此，現代也是如此，打從懂事就嘗試尋求他人的理解、認同與共鳴，希望分享內心的情緒與感動，正因為如此，人們才會努力在廣闊的宇宙當中尋找其他生命。」

我沒有立刻回答，感受著馬克杯滲入掌心的熱度，靜靜思索。

不知不覺間，陰鬱黯沉的天空又開始飄落雨絲，很快就變成傾盆大雨。

原本待在外面的學生們急忙拿起手邊物品稍微遮擋，匆匆逃入最靠近的校舍走廊。

眨眼過後，白茫茫的猛烈雨勢從四面八方籠罩住校園。這棟紅磚屋舍的周圍彷彿出現一道半透明簾幕，徹底隔絕了外界，即使待在屋簷下方也可以感受到飛濺而來的冰冷雨絲。

「差不多該回去了。千芳其實挺怕打雷的，說不定會哭出來。」

「小時候的確有過幾次。」

「果然呀。」

「請幫忙保密。如果學姊知道我洩漏這個祕密，會挨揍的。」

「你們的感情還是這麼好。」

瀧本教授發出輕笑，轉身踏入大廳。

「這麼說起來，最近便利商店的甜點很厲害呀，今天意外發現你們一定會喜歡的巧克力蛋糕，當場就買了三個，請期待下午的點心時間吧。」

「不好意思，讓教授破費了。」

腦海浮現幽浮造型的蛋糕，我快步跟上。

雨依然在身後下著。

淅瀝、淅瀝地不絕於耳，沒有停歇跡象，令人感到安心與孤獨。

予謙先生：

感謝您的回信。

每次前往鄰鎮的時候，總會忍不住想要直奔通訊局，然而如果聽見櫃檯人員表示沒有信件會很失落；如果有收到回信則會難以壓抑雀躍心情，迫不及待地想要立刻讀完，因此總是將那裡當成最後前往的場所，以免過於在意信件內容，無心採買。

實際上，確實也曾經因此漏掉幾項商品，回家就挨了媽媽的罵。

若不是藉由文字，我肯定無法面對面地親口坦承這麼令人感到害羞的事情吧……只有在這種時候，才會慶幸我們透過信件聯繫。

感謝您的關心，祈雪的各個環節都相當順利。

最近這段時間的天氣有些反常，往年都涼爽乾燥的日子突然下起大雨，雨勢激烈，一連好幾天都沒有停歇，令不少作物的根莖都泡爛了。長輩們認為那是不祥預兆，嘆息連連地擔憂不已，祭典途中沒有出現差錯真是太好了。

前幾天與村子最年長的桑德拉奶奶聊天，我才知道祈雪時燃起的焚火並不僅僅只是單純「焚燒過去一年的壞運」，裊裊升起的煙霧將會成為標示，讓身處遠方的旅人知道歸途方向，趕在寒冬籠罩大地之前回家。

焚火與煙霧有著如上述更加深遠的涵義。

現在的村民們會從鄰鎮市集購買新衣，不過在桑德拉奶奶年輕時，衣物都是由家人親手編織而成，布料與縫線則是使用了村子周邊的草木做為材料，布著不外傳的染製手法，燃燒時產生的煙霧會因此帶上獨一無二的顏色。

旅人們在離開村子的時候，總會從長輩口中聽到「時常注意天空」、「從村子帶出去的衣物無論多麼破舊都不能丟棄」等等忠告。

原本我以為那是為了提醒旅人注意天氣變化，並且珍惜衣物、不能忘本，直到不經意詢問緣由才得知布著「在冬季返鄉途中燃燒陳舊衣物，藉由煙霧顏色對照，判斷出村子所在位置」這層涵義。

藉著與予謙先生的信件交流，我發現自己對於某些習以為常的事物其實很不瞭解，在追根究柢的過程當中得知另一面。

這件事情讓我感到萬般激動。

仔細想想，我們正在進行著宇宙層面的國民外交，不禁覺得在用字遣詞方面應該要更加精準，盡可能避免傳達出錯誤知識，以防再度發生像是「麵包事件」那樣的誤會。

正好提到了旅行的話題。

比較年長的那位妹妹，愛莉妮亞，不久後即將升學，因此會離開村子。

不曉得您是否記得？她有著淺金色的短髮、聰穎的雙眸以及不亞於火焰熱情的個性，總是落落大方、活潑好動，比起編織、刺繡更熱愛照顧牲畜，然而從來沒有去過比起鄰鎮市集更遠的場所，對此感到惴惴不安。

學業成績必須非常、非常優良才會得到這個推薦，那是令村民們都高興得上門道賀的榮譽。家前廣場的積雪幾乎要被客人們踩黑了。

愛莉妮亞是一位堅強聰穎的孩子，相信不管面對何種困難都有辦法解決。

儘管如此，身為姊姊還是難免感到擔憂。

記得予謙先生同樣離家就讀高中、大學，現在一個人生活。

如果有關於外出遠行的建議，希望寫在回信，我會盡數轉述。

對於妹妹的遠行，我也如同自己的事情一般感到興奮與緊張，反覆叮嚀著愛莉妮亞要注意安全，讓她抱怨了好幾次「姊姊好煩」。現在將想法書寫成文字，突然注意到心底某處或許也感到一絲絲的羨慕吧。

更小的兩位弟妹同樣嚮往著外面的世界，嚷著長大之後也要和愛莉妮亞一樣前往學園都市。他們願意挑戰不同於以往的生活方式，即使知道困難也在所不惜，那是我所缺少的熱情與積極。

我的話，今後會一直待在這座被大自然環繞的小小村落吧。

嗯……回顧方才的內容，總覺得帶有一股埋怨，希望予謙先生不要誤解。

我對於現在的生活沒有不滿。客觀審視自己，我喜歡聽著各種遙遠國度的旅行故事，然而倘若要親自踏足陌生土地，想必很快就會受挫、放棄了。

像是現在這樣，與予謙先生的書信交流已是枯燥日常生活當中的莫大慰藉。自己寫的書信穿越一百光年的距離，來到比起弟弟、妹妹們所前往的世界更加遙遠的藍色行星，光是想像就令內心興奮不已。

地球有著許多難以想像的自然景致，像是如同鏡面透徹的湖泊、壯麗雄偉的大峽谷、高聳入雲的奇險山巔、在夜空閃爍的七彩光幕、漂浮在遼闊海洋的巨大冰山。

前陣子前往市集，我用存款買了一本地球的作品集。

關於地球的話題在我出生之前就相當熱烈。村子的長輩們每當提起第一次收到來自地球訊息的往事總是極為興奮，徹夜討論著各種情報，爭辯真偽，甚至有人特地前往遙遠的都城獲得最新消息。他們都萬分訝異著原來外星人真的存在……雖然在予謙先生看來，生活在阿米卡星上面的我們才是外星人吧。

這股熱潮持續至今依然沒有消退跡象。

很遺憾的，我們兩顆星球的交流僅止於文字，身邊也有些人並不相信地球的存在，認為那是政府捏造出來的謊言，不過最近幾年，陸陸續續可以在市集、店家當中見到關於地球的商品。價錢不至於高價到難以下手，這點也讓人很開心。

那本作品集總共收錄了三十五幅畫作。由我們這邊的知名畫家擷取文字描述的地球景象，重現成為圖畫，每一幅都是精巧細緻的作品，細節處栩栩如生，回過神來就已經欣賞一整天了。

不曉得予謙先生是否曾經親眼見過那些景色呢？

即使沒有見過雪，予謙先生居住在一個交通便利的繁華城鎮，身邊許多人經常往來其他國家，像是留學生的沃爾萊特先生、外籍人士的瀧本誠十郎教授先生，您也提過那位千芳學姊曾經搭乘飛機前往不同國家參加研討會。

關於航空的交通工具，我們這邊其實習慣稱為飛艇，不過談論這個話題感覺會超過字數上限，細節差異就等到下封信再慢慢聊吧。

予謙先生似乎對於雪景情有獨鍾。

我倒認為地球的諸多景色比起不會出現變化的白色雪景更加震懾人心。

最近興趣正是趁著閒暇時離開村子，待在森林深處的空地靜靜閱讀那本作品集。

陽光從枝葉的縫隙傾瀉灑落，微風溫暖吹拂。

湖水的聲響從遠處傳來。

我很喜歡那樣的時光。

予謙先生在去年冬季曾經提過大學附近的便利商店有著許多季節限定的商品，看見新張貼的商品海報就會意識到季節轉變，店家會將飲品放入加熱用的儀器，熱騰騰地進行販售。

我們村子也會將食物放入圓筒形的金屬容器，埋入爐火旁邊的沙土保溫，不過僅限於主食、湯品，沒有保溫飲品的習慣。前幾天，我嘗試將裝有「納瓦洛特」的細長瓶子埋入沙土，母親就大驚小怪地在旁邊一直盯著，活像我正在做某種詭異的事情。

對於母親的抱怨一旦開始就沒完沒了，我就停在這裡了。

以前曾經提過吧？納瓦洛特是種苦味當中帶著些許甜的飲品，或許類似地球的「熱可可」。我們經常在冬夜飲用，只要喝一口就會從身體內部暖起來。那是很溫柔、懷念的味道。

希望能夠聽見更多旅行見聞，以及關於地球自然景色的細節。

滿心期盼著下一封回信。

您親愛的愛比蓋兒，於萬籟俱寂的深夜筆

3.2560

在國小低年級的某堂班會，老師宣布校方會配合政府機關舉辦一項活動，讓地球與外星的小學生利用信件互相交流，想要參加的人可以在下課時間到辦公室登記。

寫信給一個不認識的陌生人，將來也不可能有見面的機會。

我不曉得這個活動有什麼意義，不過自然課正巧提到了「光年」這個單位。

表示光在真空中一年內傳播的距離。

明明以「年」做為結尾卻是長度單位而非時間單位，這點讓我花費了好幾天才覺得稍微想通，接著又因為無法確切理解光年到底有多麼遙遠，再度陷入苦思。

緊緊盯著課本「九點四六兆公里」的數字許久，卻是無法順利想像出任何畫面。

最後我用著「那是一段很遠、很遠的距離」理解了這個單位。

現在想來，決定報名參加那項活動也是因為無法釋然吧。

當時的文筆難以稱為優美，光是順利表達出意思就很勉強了，原本對於光年的好奇心更是稍縱即逝，很快就轉移到其他事物上面。信件寫到一半就膩了，草草收尾。如果將內容用機器翻譯成阿米卡官方語，想必會變得更加拙劣、無趣且幼稚。

在我幾乎忘記這項活動的幾週後，收到了愛比蓋兒的回信。

橫式印著信件內容的A４紙沒有經過包裝或修改，保持從機器列印下來的原樣，質地輕盈，帶著淡淡的墨水味。角落印有宇宙航空院的縹色徽章。

那個瞬間，我忽然意識到那些只在電視見過的事情成為了現實，在一百光年之外的宇宙確實存在著一顆擁有生命與文化的星球，那顆星球居民所寫的信件正在手中。

我與宇宙產生了連結。

這件事情讓年幼的自己興奮不已。

緊接著，從心底蔓延的羞愧很快就蓋過那股興奮——愛比蓋兒的回信寫得極為認真，每一個字都可以感受她的用心，面對我那封口氣傲慢又討厭的信件內容也真摯給予答覆。

基於補償的心態又或者不希望被看輕的自尊心，我在那之後積極參與這項交流活動，每週寫信給愛比蓋兒在不知不覺間變成了最重要的事情，同時認真學習英文和阿米卡官方語，滿心期待著她的回信。

話雖如此，當我升上國小高年級，因為資金告罄或是其他無法公開說明的大人們的理由，這項活動無疾而終。如果想要繼續通信只剩下自費一途。

星際間通訊設備的每封信件價格一律都是五千元。

內容上限是5KB。

換算成文字就是「2560」個字。

只要支付五千元，即可將信件寄送至一百光年以外的遙遠星球。

這麼看來似乎相當划算，然而如果每週寄上三、四封就是一大筆開銷，對於小學生而言更是如此。於是我開始在餐廳打工，將薪水全部用來購買阿米卡星的相關書籍以及支付寄信費用……

★

研究室的簾幕基本上都拉著。

那是千芳學姊的要求。說是不管有沒有被照到都會影響思緒，視野內有東西反光閃爍也很討厭。

瀧本教授只要著手翻譯就全神貫注地埋首於文字當中，不會在意周邊事物。

我覺得密閉空間有種待在宇宙船的錯覺，其實並不討厭。

三人都贊成這麼做，因此研究室隨時門窗緊閉，開著空調。

遮蔽了來自外界的光線與景色，在嗡嗡聲響低沉迴盪的密閉空間很容易陷入某種錯覺，分不清楚現在究竟是白晝或黑夜。雖說只要拿起手機確認時間即可，電腦的右下角也隨時顯示著日期與時間，不過我在那種時候總是傾向於親眼確認，這樣才會感到踏實。

樓梯間的轉角裝設著整面落地玻璃。此時此刻，外面夜幕低垂，天空呈現彷彿墨水暈開的淺黑色，飄著幾抹灰白雲絮。待在這座城市好幾年了，我知道繁華的霓虹燈光會蓋過星光，夜晚幾乎看不見星星。

我用指尖輕碰著扶手的紋路。

「明天晚上有便利商店的排班，所以得在今天把工作做完……那樣大概很困難，總之先努力處理到一個段落吧，記得有幾個比較簡單的……」

思緒突然停滯。

緊接著，我毫無由來地想起最新收到的那幾封信。

我們最近的話題圍繞著冬季消遣。

在那座大自然環繞的靜謐村落，大雪最為猛烈的時候會持續幾天幾夜。愛比蓋兒稱為「諾尼雅德」，也就是圖雅語中「應該崇敬等待」的意思。

居民們不會冒險外出，留守家裡靜靜等待宛如將世界掩蓋的漫天霜雪自行停歇。換言之，愛比蓋兒沒有辦法前往鄰鎮市集寄送信件，因此這是她每年唯一會單次就寄送好幾封信的日子。

在愛比蓋兒小時候，諾尼雅德的那幾天總會負責照顧弟妹，說著故事安撫他們的情緒，現在弟妹已經長大，因此會陪著母親、奶奶一同編織手工藝品，等待天空放晴再拿去市集販售。

往年的諾尼雅德都順利結束，然而附近村落在去年傳出意外。大雪壓壞了年久失修的屋頂，房舍傾倒，左鄰右舍沒有及時注意到異狀，演變成一場憾事……

「今年的祈雪祭很順利，相信雪勢也會因應著祈禱，安穩平歇吧。」

我像是要說服自己似地這麼說。喃喃自語在樓梯間迴響，很快就消散得無影無蹤。

那幾抹灰白色雲絮幾乎沒有移動。今晚是一個沒有風的夜晚。

片刻，我強行壓下從心底深處滲出的焦躁，轉身踩著樓梯。

研究室的簾幕依舊緊緊拉著，沒有透出一絲一毫光線。我不敢打擾工作模式的千芳學姊和瀧本教授，放輕腳步走到自己的桌子。

研究生的工作很單純，即是完成指導教授吩咐的所有事情。我和千芳學姊的專業都是外星語言，主要工作是將阿米卡星各種類型的書籍翻譯成英文、中文與日文，偶爾也會有政府、校方發來的委託，幫忙撰寫官方交流的書信與文件。

政府的委託當中不乏嚴禁外傳的機密事項，不過稿費豐厚。依照千芳學姊的說法就是「中獎了」。

此外，研究室的四、五樓收藏著瀧本教授花費一生從世界各地搜集而來的珍貴書籍，其中有其他專家學者的私人翻譯、未完成的手稿，以及透過星際間通訊設備收到的未公開文件。

這間陳舊老屋的藏書價值其實高得無法估計。

全世界研究外星領域的學者們經常傳來信件，希望我們協助調查。這方面的要求包羅萬象，需要大量查閱資料，而且很有可能問題的答案根本沒有在藏書當中，即使順利完成也大多是無償，最多在論文發表時不起眼地占據一個名字。

千芳學姊和我向來敬而遠之，偏偏瀧本教授來者不拒。

有辦法提出委託的人基本上都是頂尖學者，以千芳學姊和我的身分根本沒有辦法拒絕，只好認命接受。

我呼吸著稍嫌悶塞的空氣，點開桌面「待辦事項」的資料夾。

「一份旅遊雜誌的翻譯檔案、一份其他大學的協助調查回覆、一個來自英國公益團體的宣傳委託、校方要給阿爾伯塔大學的阿米卡官方語講稿確認檔案、兩本外星暢銷小說的初稿校正檔案、三份出版社的問卷……」

完全不是一天內足以處理的分量。

如果運氣不好，任何一項工作都得花費好幾天。

瀧本教授每次發下工作之後就不過問任何細節，卻總會在交稿前幾天笑咪咪地詢問進度，讓我和千芳學姊無法找藉口拖延，只能夠硬著頭皮想辦法弄出成品交差。

「動手吧。」

我打開無聊卻只需要確認文法、錯漏字的講稿檔案，依序檢視。

不知不覺間，我注意到又開始下雨了。即使簾幕遮住了外面的景色也聽得見淅瀝、淅瀝的聲響，雨水落在屋頂與林木的不規則敲打聲又混入空調運轉的嗡嗡聲。

我凝視著電腦螢幕，卻是心不在焉，陷入某種深沉的回憶當中。

那是就讀國小低年級的時候，也是我尚未與愛比蓋兒成為筆友的時候。

天空蔚藍，教室縈繞著昏昏欲睡的氣氛，吊扇被風吹得緩慢轉動。我低頭看著抽屜打開的課本，反覆閱讀「光年」的敘述。課本角落微微捲起。只有這樣一個片段，想不起來更之前或更之後的事情，然而畫面鮮明且深刻，每次想起就久久揮之不去。

隨著國小畢業，成為國中生、高中生、大學生的我總會在不特定的時機場所想起這份情緒，像是坐在公園樹蔭發呆的週末午後、便利商店的櫃檯後方、莫名醒來就睡不著的寧靜深夜。那時，我總會使用當時已知的知識重新去理解「光年」這個長度單位，然而從未得到更明確的答案。

此時此刻，我擁有外星語文檢定的滿分證書與學士、碩士學位，正在專攻外星語言與文化的博士學位，工作時都在接觸阿米卡星的相關事物，對於物理學、天文學與太空航行技術也多少有所涉獵，卻依舊只知道「光年」是一個極端遙遠的距離。將之乘以一百就是我和愛比蓋兒的距離。

每當試圖思考、釐清這件事實，內心就會煩躁不已。

我將手指放在鍵盤上面。沒有用力，只是單純放在上面，輕觸著塑膠質感，接著轉頭望向隔壁辦公桌的千芳學姊。

疑問忍不住脫口而出。

「學姊，妳知道『光年』究竟是什麼嗎？」

千芳學姊繼續敲打著鍵盤，連視線都沒有瞥過來，當然也沒有回答。

向工作模式的千芳學姊搭話，沒有挨罵已經很幸運了。

我凝視著她的側臉與短髮髮尾好一會兒才轉回視線，繼續讀著枯燥講稿。

片刻，千芳學姊猛然用力往後躺到椅背，扳折手指關節發出「喀、喀」聲響，低聲抱怨了幾句才端起貓咪造型的馬克杯起身。

在經過時，她順手扔出一本用著長尾夾夾起的稿子。

「鉛筆圈起來的那兩段，不管怎麼翻都覺得彆扭，幫忙想看看有沒有比較好的詞彙。」

「我會分到稿費嗎？」

「請你吃晚餐啦。」

「這樣似乎不太划算吧。」

千芳學姊沒有繼續陪我胡扯，哼了聲就去泡咖啡。

我拿起紙本稿子，開始讀起那篇關於阿米卡星歷史的文章。

地球各國都出版了阿米卡官方語的字典，並且經過數次重編、修訂，儘管如此，仍舊有許多詞彙處於模糊地帶，解釋與用法都不明確，在暢銷字典當中發現嚴重錯誤的例子也是屢見不鮮。

語言是極為纖細的事物。

單一詞彙可能存在複數、相近與截然相反的意思，也有可能依據前後文或時代演變出現嶄新意思，並且有著「其他語言不存在的詞彙」，抑或是「其他語言需要使用好幾句話才能夠順利說明的文化意涵」。

這麼一想，瀧本教授在兩顆星球展開交流的黎明期看著由未知外星語言寫成的信件，將之翻譯成足以理解的內容，簡直是不亞於人工蟲洞的奇蹟。

在地球的悠久歷史當中，也有著諸多失傳的古代語言。古埃及語的破譯就曾經陷入停滯，長期沒有進展，直到發現同時寫有古埃及聖書體、世俗體與古希臘文的羅賽塔石碑才得以藉由古希臘文對照翻譯，多少瞭解蘊含在文字當中的意思。

時至今日的學者依然尚未完全破譯古埃及文，人們看著好不容易避開歲月磨蝕的石板、陶片與壁畫，卻無法理解數千年前的人們究竟在寫些什麼、究竟想要表達什麼。

阿米卡星的無數語言也是如此。

「翻譯需要準確傳達其他人的想法、情緒與真意。」

瀧本教授曾經這麼說過。

刊登在雜誌訪談的這句話，也是我決定專攻外星語言的契機。

只要熟練使用阿米卡官方語，大量翻譯、閱讀外星書籍，我是否就能夠更加清楚地讀懂愛比蓋兒想要傳達的意思？

是否能夠更加瞭解她的內心？

是否能夠更靠近她了？

「──為什麼突然那麼問？」

我疑惑抬頭，看著站在桌邊的千芳學姊。

她端著表面冒出熱氣的貓咪馬克杯，從這個角度可以看見底部缺了一小塊。

那是我在高中二年級送給她的生日禮物。根據我們之間心照不宣的默契。送給對方的生日禮物不需要過於高價，卻必須是可以長久使用的日常物品，像是手錶、耳墜、布偶、咖啡攪拌棒或馬克杯。

千芳學姊的個性不拘小節，總是弄丟各種東西。據我所知，光是鑰匙就丟了五次以上，打破、摔壞東西也是常有的事情，不過那個貓咪馬克杯始終好好的、被珍惜地使用著。

大學時偶爾會去她承租的小套房，準備考試或討論報告，每次都會看見那個馬克杯掛在桌邊的木製杯架。直到進入研究室，我才訝異發現她將之帶過來了。每天都用那個杯子喝咖啡。

「為什麼這麼問？」

千芳學姊再次重複，語氣帶上些許的不耐煩。

我遲來地意識到這是對於剛才「光年究竟是什麼」的問題，不過原本就只是心血來潮的隨口一問，並沒有深意，也不是真的想要得到解答。

所以我聳聳肩。

「沒什麼。」

千芳學姊皺起臉，像是要說什麼卻忍住了，用手指關節敲了敲稿子。

「這個有頭緒了嗎？」

「寫了幾個在旁邊，不過純屬個人意見。」

「感謝，你有時候會想出一些很有趣的詞彙。」

「那是在誇獎嗎？」

千芳學姊沒有回答，拿起稿子，小心翼翼地端著貓咪馬克杯，踱步走回自己的桌子。

★

如同預料，工作完全做不完。

由於瀧本教授完全沒有打算離開研究室的模樣，我也準備留下來幫忙，在明天大夜班前稍微補眠即可，不過千芳學姊說著約好要請吃晚餐，高聲喊著「教授再見，我們先走了」就強行拉著我離開了。

我們踏出大學校園，並肩走在街道。

雨依然下著。

兩側高聳大樓的落地玻璃透出淺淺燈光，緩慢地灑落街道，混入街燈、車燈與周遭店家招牌的霓虹燈光，在朦朧細雨當中渲染成某種只會存在於雨夜鬧區街道的絢爛色彩。

光點微微暈開，看起來像是宇宙的星雲。

我很喜歡這樣的景色。

千芳學姊顯然沒有好好享受的心情，難掩疲倦地嘟囔著「怎麼每年越來越冷……」，縮了縮肩膀往我的位置擠來。

正好是晚餐的高峰時間，儘管下著雨，街道還是熙攘雜沓。人們在細雨與寒風當中排著隊，某些熱門店家的門口，客人更是幾乎塞滿人行道。

據說這幾天會迎來今年最強一波寒流，不過並不會冷到下雪。

每當夾帶刺骨雨絲的風吹過，千芳學姊就會擠過來，肩膀輕撞。記得她有一條紅色圍巾，不過這幾天都沒有看她戴著，或許是弄丟了。

我想著這些事情，隨口問：「要吃什麼？」

「我要先回租屋的地方。鞋子裡面浸水了，走起來很不舒服。」

「瞭解。」

學姊租賃的小套房同樣位於大學周邊，約是十分鐘的路程。

學姊打定主意在大學時要獨自生活，高中畢業的暑假就興致勃勃地拉著我前來這座城市場勘，坦白後卻受到叔叔、阿姨的強烈反對，開了幾次家庭會議才好不容易取得同意。我私底下被他們鄭重吩咐過要幫忙看著千芳學姊，有空就過來晃晃，明明千芳學姊在各方面都比我更加可靠，在叔叔、阿姨的眼中似乎不是如此。

一年後，我考上同所大學的同個科系，再度成為千芳學姊的學弟，偶爾也會踏入那間小套房。現在想來，她已經住在這裡將近十年了。

套房在三樓，小巧典雅，牆壁漆成淡米色，每項家具都是在居家用品店思考許久才買下來的。沒有電視，那個位置擺放著兩個塞滿外星書籍的大書架，銀色金屬的壁掛式杯架吊著兩個玻璃杯，那是她喝紅酒用的。床頭櫃則是一整排的布偶，其中也有我在國一生日那年送給她的黑貓布偶。

原本只說要換個鞋子，千芳學姊卻逕自走進浴室洗澡。

身為青梅竹馬，我對於千芳學姊的我行我素也深有體會，席地坐在玄關地板，拿出手機打發時間。

愛比蓋兒的信件都保存在雲端，隨時可以回顧。

即使每封信件都讀過許多次，隔一段時間再重讀總會發現意外的驚喜之處，隨著已知的阿米卡官方語、圖雅語詞彙增加，也會發現當時沒有察覺到的隱喻，更加深入地理解到她的內心、感情與靈魂。

我倚靠著牆壁，反覆閱讀信件。

我們聊過許多的話題……或者說無所不聊。

發生在自己身邊的日常瑣事、在通信之前的回憶、地球與阿米卡星的常識，也會提及家庭、朋友與未來。

有時候像是在教導對方，從各方面仔細講解某項自己星球的事物。

有時候也像是戀人般談論著無關緊要卻會永遠牢記在心的小事。

「戀人嗎……」

我忍住再度湧現的焦躁感，將後腦勺抵在堅硬牆壁，接著眼角瞥見書架後方似乎有著什麼東西，紅紅的，疑惑走過去才發現是一條紅色圍巾。卡在衣櫥與書架之間，推測原本放在上面，然後不知為何掉下去了。

「——抱歉，久等了。」

這個時候，千芳學姊一邊用毛巾擦著頭髮一邊踏出浴室。她穿著輕便的居家服。尚未擦乾的頭髮呈現深黑色，泛著光澤，紅潤肌膚也散出淺淺熱氣。

「完全沒有感到歉意的客套話就不用說了。」

我舉起圍巾。

「喔喔，你幫我找到了？真是感謝。」千芳學姊驚喜地接過紅色圍巾，好奇地問：「掉在哪裡？」

「書架後面。」

「怎麼掉進去了？」

「這是妳的房間和妳的圍巾耶。」

我沒好氣地嘆息。水聚集在千芳學姊的深黑色髮尾，結成水珠，然後流過頸子。千芳學姊總是說著自己是短髮，以此為由不使用吹風機，基本上都是擦乾了事。我知道實際上是因為她很討厭吹風機的聲音，覺得太吵了，即使提過最近推出的款式幾乎都沒有聲音也興致缺缺。

那樣其實也沒有什麼問題，就是髮尾總會亂翹。

「晚餐吃什麼？」我問。

「直接叫外送吧。」

千芳學姊隨手將圍巾掛到椅背，半盤起右腳地坐在床鋪邊緣，理所當然地拿出手機。

「天氣這麼冷，又下雨。回家就不想再出門了。」

「所以才會直接去洗澡……那樣就早點講啊。」

「應該剛剛先點好餐點對吧，現在就差不多到了。」

「不是這個意思啦。」

「被請吃飯的意見就不要那麼多，快點選一個。」

千芳學姊冷哼，往前拋出手機。

我急忙伸出雙手接住。

螢幕已經顯示著外送平臺的網站。我提議的幾家餐廳都被千芳學姊否決，最後選了她想吃的牛排。牛排這種料理就應該在店家內用，放在熱騰騰的鐵板上面才會好吃吧？我這麼想著，但是沒有說出口。

在等待餐點送到的這段時間，我們各自打發時間。

千芳學姊躺在床鋪，相當放鬆地枕著棉被，戴著耳機凝視手機播放的節目。

我改坐在書架旁邊，翻閱著一本阿米卡星地方習俗的故事集。

「你還真喜歡坐在地板？」

「……有嗎？」

我抬起頭，發現千芳學姊摘掉半邊耳機，暫停影片蹙著眉。

「你從以前就是這樣子，有時候會刻意躲在櫃子之間的縫隙或桌子底下，一個沒察覺還以為人不見，不曉得都被嚇到幾次了。」

「應該是因為那些地方挺有安全感的。」

千芳學姊搖著頭，像是在表示「話題的重點並不是那個」。

這個時候，手機傳來外送送達的提示音，打斷了對話。

我快步離開房間，前往公寓一樓拿取餐點。回到房間的時候，千芳學姊已經將原本收在牆邊的折疊矮桌放在中央，好整以暇地盤腿等待著。

餐點是沙拉、蒜味麵包、玉米濃湯、牛排、鐵板麵，都用著塑膠餐盒盛裝。

千芳學姊一打開蓋子就不禁皺眉，用指尖拎起切片的蒜味麵包，嫌棄地扔到我的餐盒裡面。

「既然如此，為什麼要挑這間？有些店是附贈餐包吧。」我苦笑著問。

「餐包不也是鹹奶油嗎？」

千芳學姊噘著嘴反駁，沒有繼續這個話題。

我遲來注意到千芳學姊的心情不佳，或許不是因為堆積如山的工作，然而也僅此而已，無法猜出更進一步的理由。我向來很不擅長分辨他人試圖藏起的情緒。

房內變得有些安靜。

明明是自己選擇牛排的，千芳學姊在吃完沙拉和濃湯就停手了。她單手撐著臉頰，用塑膠叉子持續輕戳牛排。

「吶，予謙，你不打算升助理教授嗎？」

千芳學姊隨口問。

「那樣只會更忙吧……薪水變多是好事，不過工作量會翻好幾倍，算起來根本不划算。」

「把便利商店的打工辭掉不就行了。」

「那邊的薪水比較高啊。研究生忙得天昏地暗又幾乎沒有錢，如果沒有打工，根本就沒辦法支付生活費。」

「為了支付星際間通訊設備的費用才對吧……」

我假裝沒有聽見這句自言自語，繼續吃著冷掉的第二份牛排。肉變得有點硬，需要咬很久。

千芳學姊放下塑膠叉子，端正坐姿。

「你打算一輩子都在那間便利商店打工嗎？」

「至少接下來的幾年都會在那邊吧。店長人很好，同事也很容易相處，過去做過的打工裡面是最不錯的。」

「幾年之後呢？」

「首要之務是寫完畢業論文。」

我這麼說，為了避免千芳學姊繼續追問，起身走到陽臺旁邊將落地窗拉開一小道縫隙。

冷風頓時灌入房間，吹得桌面的書籍紙頁啪啪作響。

「很冷耶。」千芳學姊立刻縮起肩膀，皺眉罵。

「總覺得有些悶。」

我關起落地窗，卻還是站在原處。

冬雨依然斷斷續續地下著。

「千芳學姊有看過雪嗎？」

「大學剛畢業的時候去過德國，正好是冬天。」

「有這回事嗎？」我訝異詢問。

「我一個人去的，正好看到機票特價就買了。三天兩夜，不過大部分的時間都在候機和搭飛機，出關吃個飯、逛個街就得回機場了。那時路旁到處都是雪，積得比泥土還多，只是冷到沒有任何欣賞的興致。」

「……到底是去那邊做什麼的？」

「旅行啊。」

千芳學姊稀鬆平常地結束話題。

我知道千芳學姊屬於喜歡享受旅行途中的類型。

明明存款已經可以買車了，卻連機車、腳踏車也沒有，總是搭乘公車前往大學和其他場所。旅行時也會刻意挑選費時更久的交通工具，悠哉欣賞窗外風光，卻從未想過連國外旅行也是如此。

比起遊歷德國的知名景點，她應該更享受「前往德國」的這段時間吧。

吃完晚餐，千芳學姊堅持陪我走到一樓，說要當作飯後運動。

平常就有在慢跑的我不認為幾層樓的樓梯會消耗多少熱量，不過沒有說出口，簡單收拾好空餐盒，提著垃圾袋率先踏出房間。

「總算停了，真希望明天醒來不要再下了……」

千芳學姊站在公寓大門的玄關，抬起頭抱怨。

夜已經深了，附近街道卻依舊熙攘，那份霓虹與喧鬧應該會持續至天明吧？空氣聞起來有些潮溼。忘了對話的前後文，我只記得曾經說過自己喜歡下雨的氣味，千芳學姊卻失笑著說「哪來那種東西」。

「拜拜，路上小心。」

千芳學姊半舉起手道別。

我點頭回應，轉身離開那棟公寓。

柏油路面積著或大或小的水窪，車輛經過就會濺起水花。

在變得更冷的街道，我又想起了愛比蓋兒。此刻，相隔了一百光年的宇宙，她應該待在屋內，湊著微弱的燭光編織衣物，靜靜等待諾尼雅德的停歇吧。

耳邊似乎聽到風雪呼嘯的聲響，不過肯定只是錯覺。

畢竟我不曾見過真正的雪，而且雨也已經停了。

我抬高視線。

夜空雲層被都市的絢爛燈光照亮，反射出淡淡光暈，理所當然地依舊看不見星星。看不見愛比蓋兒身處的阿米卡星。

致愛比蓋兒・馮・雷斯米雅德小姐：

您好。

本次學校舉辦了一项計畫，可以將自己寫的信寄給外星人。

如果妳正在讀著的話應該就是順利寄到了。

不好意思，我不清楚「外星人」這個詞彙是否會造成冒犯。

老師說過正式名稱是「阿米卡星人」，然而實際上有著各種不同稱呼。聽說你們與地球人幾乎沒有差別，有著五官、軀體與四肢，也沒有犄角、翅膀或尾巴，不過每位地球人都有著各式各樣的差別，即使是雙胞胎的外貌也不會徹底相同。你們應該也是如此吧。

嗯……老師說過依照地球目前的文明技術，尚無法在星際間航行，利用人工蟲洞的那個通訊設備未臻完善，更有著磁場、閃焰、黑洞等等各種無法控制的外部因素，信件內容在寄送過程中很有可能損毀，或是直接消失在宇宙某處。

如果那樣總覺得有些無法釋懷，希望這封信可以順利寄到阿米卡星。

妳知道嗎？我們兩顆星球的距離是一百光年。

「一百」這個數字聽起來不多，像是我住的公寓幾層樓就大概超過一百人了，不過加上「光年」這個單位就變成人類花費一生也無法跨越的距離。

我搞不懂那是怎麼一回事。

這個就是我參加這項活動的主因。

當然了，我為此查了許多資料，但是依然懵懵懂懂的。很多學者都認為目前的書信交流方式會持續好幾百年。似乎有政府與國際組織重金補助人工蟲洞以外的計畫，也有在進行其他方式的交流活動，不過既然沒有聽見後續消息，大概都失敗了。

沒有聲音、沒有圖片、沒有影像。

兩顆星球的人們只能夠以文字將想法試圖傳達給對方。

就跟現在的我們一樣。

說是這麼說，我其實不討厭書信交流。

在幾百年前的地球，在網路、手機、電報都尚未發明的時代，書信是與遠方人們聯繫的唯一方式。據說當時的人們甚至會蒐集收到的信件、郵票，將之黏貼在筆記本，也算是某種興趣。

聽起來很無聊，不過一想到那是沒有網路的時代就可以接受了。

如果科技繼續發展，在不曉得幾百年後的未來，地球和阿米卡星也可以透過網路通訊交流吧？那個時候的人們，大概也會對我們產生類似的感想吧？

學校有特別將參加活動的學生集合起來，講了一些注意事項，好像也有提到該寫什麼內容比較好。不過我那個時候被老師叫去幫忙搬作業簿，沒有聽到，只有拿到一張寫著簡單說明的通知單，像是字數上限、繳交時間。

嗯……聽說阿米卡星的天空是綠色的。這個是我對阿米卡星最大的印象。

在自然課的時候，老師說那是因為阿米卡星的大氣組成和地球有著差異，那個差異很小，然而又因為折射率和一些難懂的物理原理導致這樣的結果，不曉得那是真的嗎？

綠色的天空應該很奇怪吧？

待在地球看到的天空是藍色的。

天亮之前很深、很深的黑紫色籠罩著四面八方，不過一旦太陽升起就會迅速變化，可以看見各種漸層的藍色，眨眼過後就會是晴朗清澈的天空藍，如果不是陰天或雨天，基本上就都是藍色的，等到傍晚的時候則會呈現濃重的黃橙色，有時候也會是紫紅色。

無論如何，都不會出現綠色。

不久之前學校舉辦了遠足活動，我遲遲沒有睡意，在尚未破曉的時候意外看見窗外天空，感到特別的印象深刻，所以才會寫在這封信裡面。

總而言之，希望這封信可以順利寄到阿米卡星。

林予謙敬上

4. 垂直墜落、縹色、鹹麵包

珀爾典太空站在今日正式竣工。

由各國宇宙航空院的上層機關兼國際組織的地球太空總署主導，結合地球所有國家的技術、人才與鉅額資金，耗費將近半個世紀的工程終於順利興建完成。世界各地的電視節目、新聞和報紙都在大幅報導這項振奮人心的消息，隨時隨地都可以看到透過第七代哈伯宇宙望遠鏡所拍攝、由數個巨大立方體連結構成的太空站照片。

不同於建立在月面的維多利亞基地，珀爾典太空站位於距離地球約兩光年的歐特雲團，也是第一個建立在太陽系邊界的第十三代半自動化太空站。

計畫提出當初被許多專家學者批評為「不可能辦到的浪費之舉」。

太空總署卻是執意推動這項計畫，最大理由是目前的宇航技術無法突破「光速」，超過光速的航行有著無數困難，即使結合地球與阿米卡星的技術也難以在數百年內得到突破。

換言之，在數百年內，地球和阿米卡星的居民都無法踏上對方的星球。

折衷方案有二，分別是「人工蟲洞的短距離活體傳送研究」與「興建無數座的太空站」。如果兩項計畫皆順利進行，人類將可經由太空站內的人工蟲洞裝置進行跳躍航行，抵達阿米卡星；如果其中一項失敗，至少前者有機會傳送文字以外的音檔、圖片、影片到阿米卡星；後者的無數太空站則會成為補給基地，鋪設出一條連接著地球與阿米卡星的遠大航路。

很遺憾的，人工蟲洞的活體傳送研究遲遲沒有進展。

珀爾典太空站則是「遠大航路」第一座順利建成的太空站。

根據公開發表的計畫書，珀爾典太空站將會持續擴建，打造成人類足以永久居住的環境。

做為地球現今最前線的宇宙基地，人類將從那裡航向太陽系以外的其他宙域，最終抵達阿米卡星，不過那些都是與現今的我們無關，太過、太過遙遠的話題……

★

今早，瀧本教授輕描淡寫地表示有一位來自德國的友人會來學校，希望我們幫忙招待。相當突然，然而也不是第一次了，不料實際見到面才發現那位友人是外星歷史學者的貝倫克·德拉賽納。

瀧本教授與德拉賽納教授相談甚歡，話題不知不覺間變成在全校師生面前發表一場演講，導致千芳學姊和我立刻放下手邊所有工作，忙了大半天才好不容易做好準備。

由於是突如其來的活動，學校方面靠著瀧本教授拿到了大禮堂的使用許可，然而貝倫克・德拉賽納可是與教授同處業界頂端的知名學者，受邀擔任過各大研討會的講者，如果聽眾寥寥可數，場面會很難看。我們只好動用研究室經費訂購附近麵包店的餐盒，預計以免費午餐吸引大學生們。

事前準備了三百個餐盒，結果足以容納千人的大禮堂座無虛席。學生們無分科系都對阿米卡星抱持著興趣，這點讓我感到莫名的安心，在大禮堂門口引導人群的同時不停致歉免費餐盒已經發完了。

等到貝倫克・德拉賽納開始演講，我和千芳學姊才好不容易能夠喘口氣。我們拿著千芳學姊一開始明智地先留起來的兩個餐盒移動到樓梯間，肩並肩席地而坐，吃著遲來的早午餐。

隔著一道牆就是大禮堂，不過隔音做得很完善。樓梯間安靜得只有彼此的呼吸聲。

餐盒是幾塊麵包和鋁箔包的柳橙汁。

千芳學姊理所當然地將蔥花麵包放到我的餐盒，同時拿走紅豆麵包。

這個是我們從小的默契。

千芳學姊在被國小時曾經被老師以「不准挑食」為理由，罰站在桌子旁邊，直到將營養午餐的蔥花麵包全部吃完才准坐下，那之後，她就徹底討厭起鹹麵包。即使只吃一小口也會立刻吐出來的程度。

我們的年級不同，每逢國小、國中與高中的運動會，千芳學姊總會將學校發的麵包餐盒偷偷剩下來，等到放學再塞給我吃掉。

大學附近麵包店經常在結束營業前將賣剩的麵包數個隨意裝成一袋，半價販售。千芳學姊很喜歡那個，經常刻意覷準時間過去，偏偏不巧，每袋裡面總會有一、兩個鹹麵包。那些都會成為我的宵夜或早餐。

「回過神來已經下午了……」

千芳學姊疲倦嘆息，倚靠著牆壁，彷彿隨時會睡著。

「事情應該都處理好了？」

「大概吧……大概。」

「不要重複兩次啦，很令人不安耶。」

「反正演講已經開始了，之後要補交什麼文件頂多再多跑幾趟處室，總會有辦法。晚上的餐敘也順利訂到座位了。」

「有跟店家確認過要包場？」

「當然，告知這場演講的時候，也當面確認過其他教授、副教授的出席意願。」

「真是可靠，如果出現問題就全權交給你處理了。」

我不置可否地聳肩，拆開蔥花麵包的塑膠袋，撕了一小塊放入嘴巴。蔥已經硬掉了，咬起來很硬。

「真是的，我也想要聽貝倫克·德拉賽納的演講。她可是阿米卡星的歷史專家，地球上比她更熟悉這個領域的人不超過三個吧，沒想到教授和她居然是朋友。」

「教授可是瀧本誠十郎，人脈肯定很廣的。」

「你幹麼講得那麼自豪？」

「我們好歹也是教授唯二的研究生。」

「說是這麼說啦，每天見面自然會削弱掉不少憧憬和敬佩，很難覺得教授是那麼厲害的人，至少我心目中的貝倫克·德拉賽納不會頂著沒有整理的睡翹亂髮，笑嘻嘻地一邊泡咖啡一邊扔給我們幾千頁需要當天翻完的資料。」

我苦笑幾聲，沒有接續話題。

樓梯間的空氣沉悶，需要更加用力地呼吸才能夠讓氧氣進入肺部。

我們坐得很近，肩膀幾乎相碰的距離。

「真是便宜了那些其他科系的大學生，他們根本不曉得她有多厲害……我的書架可是有全套著作，原文一套，中文譯本一套。如果昨天知道這個消息就可以帶書給她簽名了。」

千芳學姊再度抱怨。

「她出了不少吧？」

「差不多六、七十本。」

「那樣倒是還好，不到一百本。」

「又是那個『一百以內都不算什麼』的偏執理論嗎？說起來，除了瀧本教授那種工作狂，普通人才沒有辦法在短短幾年翻譯完百多本書。」

千芳學姊不耐煩地微微轉動頸子。髮絲晃蕩。

我繼續咬著蔥花麵包，隨口說：

「如果學姊想去聽演講，我會負責接下來的事情。」

聞言，千芳學姊突然露出複雜難解的表情，好幾秒後才無奈嘆息。

「禮堂禁止飲食。」

所以貝倫克·德拉賽納的演講重要度低於午餐嗎？

腦海浮現這個疑問。我沒有追問下去。

昨天傍晚，我順利收到了愛比蓋兒的回信。宇宙航空院通信局是政府機關，定時上下班，如果傍晚五點沒有收到新信件就得等到隔天了，因此過去幾天都刻意在研究室待到夜幕低垂才離開，否則會持續檢查信箱，根本沒有辦法專心做其他事情。

根據回信內容，今年的諾尼雅德順利平息。村子沒有任何人受傷。

懸了好幾天的擔憂頓時煙消雲散，我滿懷期待地等待她的下一封回信。

當我吃完蔥花麵包才注意到抱怨在不知不覺間停了，偏頭只見千芳學姊發出淺淺鼻息，居然真的倚著牆壁睡著了。

近距離一看，千芳學姊的側臉輪廓果然很漂亮，睫毛尤其長。她從不化妝，即使在研究所的面試時也只有上淡妝，這件事情在大學時讓幾位女同學感到很不可思議，甚至覺得千芳學姊在說謊。

「有什麼好騙的！」

我記得聽過好幾次類似的抱怨。

午後時分的氣氛確實有些昏昏欲睡。

我小心拿起千芳學姊擱在大腿上的餐盒，不發出聲音地放到旁邊，不過千芳學姊輕聲夢囈幾句，驚醒似地猛然坐挺身子。我急忙伸手攔住前方以免她往前跌落。

千芳學姊坐挺身子，困惑地用力眨眼。

「妳又熬夜了？」我無奈地問。

「沒有。」

「剛剛都睡著了。」

「沒有睡著。」

千芳學姊蹙眉反駁，假裝什麼事情都沒有發生似地繼續咬著麵包。

這是她的壞習慣。

打瞌睡的時候總是辯稱自己沒有睡著，最多只是閉目養神。小時候曾經為此和她吵過很多次，畢竟明明就睡著了。這種時候不禁慶幸我們相差一個年級，沒有機會待在同一個教室，否則大概會吵得更凶吧。

雖然我至今依然不曉得她如此堅持的理由。

「看什麼？都說沒睡著了……而且常常熬夜的是你吧？上大夜班的。」

千芳學姊不悅地反轉矛頭。

我半舉起手投降。

千芳學姊繼續低罵了幾句，突然又垮下肩膀，嘆息連連。

「抱歉，心情有點煩躁。人類史上第一個位於太陽系以外的太空站正式竣工，這麼值得慶祝的日子，我卻為了一場自己聽不到的演講忙得暈頭轉向，連吃個午餐都得坐在樓梯間。」

「確實是大事件，不過和我們沒有實際關係。」

我發自內心地這麼說。若不是已經收到了愛比蓋兒報平安的回信，大概根本沒有心思在意珀爾典太空站的消息吧。

即使阿米卡星更加遙遠，內心卻會湧現親近之情。

「哪裡沒關係？我們也算當事者。幫忙翻譯過那座太空站的各種機密文件，又是航太工程的特殊建材，又是根本看不懂的複雜算式，一大堆聽都沒聽過的專有名詞，現在想來還是覺得累死了。」

「那樣依然是無關人士吧。簽過保密協定，不會公開譯者身分，太空總署也是看在瀧本教授的面子才會委託我們。」

千芳學姊突然皺眉問：「你在生什麼氣？」

「什麼？」我不解反問。

「為什麼在生氣？」

千芳學姊的語氣很肯定。

我注視那雙彷彿可以看透內心的眼睛，發現她的嘴角沾了紅豆餡。

沉默在我們之間迴盪。

緊接著，隔音門悄然開啟。一位將金髮綁成馬尾的男子踏出演講廳，千芳學姊和我同時望去。那人難掩訝異地抬頭望著直接坐在階梯的我們，很快就刻意露出燦爛笑容，領首致意才轉身走下樓梯。

「那是隔壁研究室的學長吧？雷頓教授那間。」

我問。

由於瀧本教授的莫大影響力，以及這些年來從未間斷地發表新的論文與譯本，本校的外星語文學院可謂世界頂尖，各國的學者與學生慕名而來。儘管如此，瀧本教授的系主任頭銜只是掛名，並未開課，外星相關領域的教授、研究生都待在校園中央的新教學大樓，也在那邊授課。實際上距離老屋約十多分鐘，不過千芳學姊和我都習慣用「隔壁」稱呼。

等待片刻沒有得到回答，我又追問：

「妳認識嗎？」

「大概打算追我吧。」

千芳學姊用單手撐住臉頰，像是在敘述一件稀鬆平常的瑣事。

「前陣子在總務處遇到被要了聯絡方式，每隔幾天就傳訊息過來，說是幸運訂到很難訂位的高級餐廳，又說手上有星際天文展的公關票。很煩歸很煩，至少距離感掌握得還不錯，不會討厭到直接封鎖。」

「確實，剛剛也沒有過來搭話。」

「應該很擅長搭訕吧。」

千芳學姊事不關己地聳肩。

我不由自主地端正坐姿，謹慎地問：「學姊沒有考慮交男朋友嗎？晚上的餐敘應該會再見到面……」

「予謙，要不是看在下午還有很多事情要你忙，我現在就揍人了。」

千芳學姊的嗓音很平靜。如同她在國中二年級暑假的傍晚公園、在高中一年級某天放學的街道，以及高中三年級的畢業典禮向我告白的時候一樣。

平靜、輕描淡寫且像是早就知道結果。

我三次的回答都相同，表示自己有一位深愛的戀人。

千芳學姊總是「嗯」了一聲就結束，如同往常地繼續相處。

「不管你實際想要說什麼，剛才的態度都很惹人厭。」

「抱歉。」

「道歉也沒有好到哪裡去。」千芳學姊淡淡地說。

我無話可說，沉默瞪著皮鞋鞋尖的地板紋路。

千芳學姊不疾不徐地將剩下的柳橙汁喝完，壓平鋁箔包，再將麵包的塑膠袋依序摺好，收入餐盒後才俐落站起身子。

基於某種奇妙的連帶感，我也趕忙起身。

「我還是想聽貝倫克·德拉賽納的演講。陪我進去。」

千芳學姊假裝剛才那段對話不曾存在似的，露出微笑，走向隔音門。

我同樣選擇這麼做，拿起兩個空餐盒快步跟上。

★

我在填寫排班表的時候都以大夜班優先，薪水較高，而且基本上沒有客人，通常只要站在櫃檯後面發呆即可，偶爾也會和沃爾萊特輪流到員工休息室補眠。店長對此睜一隻眼、閉一隻眼，不過最近連續刷掉了好幾位過來面試的人，店內處於慢性的人手不足，排班也無法盡如人意。

今天的打工就是晚班，從下午三點到半夜十一點。

菸櫃上方的電視平時會輪流播放著新產品的廣告，今天卻是新聞臺。我到的時候就是這個樣子，沒有過問。

不出所料，新聞都在播報珀爾典太空站的消息。縱使試圖忽略，熟悉的名詞也會斷斷續續傳入耳中。

無線電波在真空的傳播速度與光速相差無幾，每秒約是三十萬公里。換言之，從宇宙各處傳回地球的訊息會出現延遲。月球約一秒、火星約十五分鐘、土星約九十分鐘。珀爾典太空站位於兩光年外的歐特雲團，沒有透過星際間通訊設備的訊息需要兩年才能夠傳回地球。

由於延遲時間過長，難以進行遠端操控，太空站內的所有機器人都裝載了最新版本的人工智能，足以自行搭建、維修系統，令其持續運作，並且朝向地球持續傳送各式各樣的資料。

趁著沒有客人的空檔，我不禁轉身抬頭。

電視正好播放著來自珀爾典太空站的影片。畫質與角度實在難以稱為良好，充滿雜訊，然而大部分的媒體與學者都刻意避免提及那些是兩年前的影片。

地球的人們看著兩年前的畫面，感到歡欣鼓舞、雀躍不已。那確實是人類史上前所未見的壯舉，不過考慮到最壞的情況，珀爾典太空站有可能與彗星、流星體發生擦撞，損壞至無法修復的程度。

假設真是如此，待在地球的學者、工程師與人們也必須等到兩年後才會知曉。

再度意識到這件事實的瞬間讓我感到萬般焦躁。

一直以來頻繁的信件交流讓我產生某種錯覺，以為愛比蓋兒只是待在一個「稍微遙遠」的場所，珀爾典太空站的所有消息卻都提醒著兩光年的距離究竟有多麼遙遠。

而我與愛比蓋兒之間有著一百光年的距離。

隨著時刻入夜，客人的數量逐漸變少。店內再度縈繞著寂靜。

沃爾萊特重新補齊了飲料，走回櫃檯時抬頭瞥了一眼。

「最近幾天一直都是那個的新聞。」

我過了好幾秒才意識到「那個」是指珀爾典太空站。

「畢竟是人類史上的壯舉。」

「那是真的嗎？」

「什麼意思？」我不解反問。

沃爾萊特雙手抱胸，思索著揀選詞彙。

「我知道地球附近的宇宙有好幾座太空站，有些載人、有些沒有載人，也有在無重力狀態才能夠進行的藥物研究，那些都確實存在，不過那座最新的位於太陽系邊界吧？連人類都沒有去過那麼遠的地方。」

「所以才會先派遣無人太空站過去。」

「有不少人覺得『外星』是各國政府聯合起來撒下的彌天大謊，根本沒有什麼阿米卡星也沒有什麼蟲洞通訊裝置，只是為了得到鉅額的經費。」

「那種陰謀論根本站不住腳。」我搖頭說：「阿米卡星的相關翻譯書籍已經有數百萬本，月面基地的星際間通訊設備每天都接收到天文數字般的信件，不可能造假。」

沃爾萊特露出一個無法釋懷的奇怪表情，繼續看著電視螢幕。

「說是這麼說啦，我們從來沒有見過關於外星的人事物，過了將近一百年卻連張照片也沒有，完全不曉得外星人究竟長什麼樣子，產生這樣的謠言也是理所當然的事情吧。」

「你也說了那是謠言！」
我說完才驚覺這句大吼迴響在店內，刺得耳朵發疼。
沃爾萊特一愣，急忙揮手澄清。
「當然啦，我相信予謙哥。」
我急促呼吸，對於自己的反應這麼激烈也感到訝異，片刻才理解到那是因為阿米卡星的存在受到懷疑，不啻於連帶否定了我與愛比蓋兒的交流。
待在地球的我能夠做的事情只有閱讀從一百光年以外寄來的信件，即使讀過數千個、數萬個文字，也難以切身感受到愛比蓋兒身邊那些再尋常不過的事物。我清楚知道，卻也只能這麼做。
這是維繫我們這份關係的唯一手段。
我嘗試露出笑容，不過顯然不太成功，片刻才開口解釋：
「據說百多年前的科技沒有這麼發達，透過網路傳送資料時，一張低解析度的圖檔也得花費十幾分鐘才會順利顯示出來。這方面不是我的專業，細節方面可能有錯，不過人工蟲洞也面臨著類似的難題，文字以外的檔案都難以順利傳送……只有文字也限制在一封信５ＫＢ的上限。」
「原來是這樣子。」
「抱歉，剛剛有點激動了。」

「予謙哥不用道歉啦！是我的錯，外行人還講得一副很瞭解的模樣。」

沃爾萊特彎腰道歉。

我在感到尷尬的同時，也意識到這件事情確實與他無關。

維多利亞月面基地即將迎來五十週年的紀念日、珀爾典太空站竣工、宇宙航空院在離島建立了最新的大型發射中心、半永動宇宙船引擎出現技術性突破、阿米卡官方語檢定考試的報名人數來到歷年最高、第一套阿米卡星編年史正式發售。

這些事情都與沃爾萊特無關。

他在大學畢業後會成為建築師，無論繼續待在這座城市或回去加拿大，大概都不會接觸到阿米卡星的相關事物了。那些將被記錄在歷史的重大事件只是眾多新聞的一小部分，不會影響到沃爾萊特的日常生活。

若不是有一位外星語文專業的同事，他可能連珀爾典太空站位於太陽系邊界也不曉得吧。

不只有沃爾萊特，大部分的人們都是這樣子。

繼續這個話題沒有意義。

店裡沒有其他客人，卻不時有行人經過店門口。自動門一直開開關關的。

我離開櫃檯，想要整理麵包的架子，在經過放著甜品的冷藏櫃時下意識地止步，側頭看了好幾秒才注意到沒有看見幽浮巧克力蛋糕。那個位置換成了新發售的檸檬塔。
胸口閃過若有似無的刺痛。
原本以為這個話題到此為止，不過當我回到櫃檯，沃爾萊特就再度開口：
「予謙哥會想要上去宇宙嗎？」
「這個……小時候多少有想過啦。」
「現在也可以吧。」
「月球旅行很貴的。」
「如果做為專業人員被派遣上去，不用花錢吧。」
「我可不是宇航士，只是比較瞭解阿米卡官方語的研究生。」
「那樣依然很厲害啊，同樣在研究相關領域，總該有機會前往宇宙。不只有用勝利女神命名的月面基地，說不定也有機會前往太空站。」
沃爾萊特比了比電視螢幕。
為了避免又起爭執，我沒有解釋「維多利亞」的語源有「征服」之意，以此命名月面基地並不表示勝利，而是表示人類正式征服了這個過去千百年來都只能夠仰望的灰色大地；也沒有解釋在接下來的數十年，地球太空總署都沒有派遣人員前往珀爾典太空站的計畫，因為來回至少需要四年的時間。
目前滯留宇宙的最久紀錄是十三年又五天，不過那位宇航士待在月面基地。

如果使用更嚴格的標準，純論「沒有重力的宇宙空間」，最久紀錄是六年又二十一天，不過那也是待在繞月運行的實驗室太空站「墨勒忒」，有任何意外可以在短時間內返回地球或月面基地，資源充足，無法與前往珀爾典太空站的旅途相提並論。

在寒冷空氣逐漸沉積的便利商店，我只是苦笑搖頭。

「很難啦。」

「有機會的話其實挺想去阿米卡星看看的。」沃爾萊特感慨地說。

相處了這些年，我知道沃爾萊特不會出言諷刺。這句話只是不假思索的隨口閒聊。

我可以理解，胸口的刺痛卻是驟然加劇。

各種負面情緒幾乎要將自己淹沒。

「目前最新的宇宙船只能夠勉強以光速前進，無法超過光速，最少需要花費一百年才會航至阿米卡星，尚未抵達目的地，壽命就會先到盡頭了。」

我努力用著輕鬆的語氣，希望不會被看出異狀。

「沒有什麼解決辦法嗎？像是把身體冷凍起來之類的。」

「很遺憾的，阿米卡星的技術力與地球相差無幾，沒有辦法復甦被徹底冷凍的身體機能，而且考慮到現實層面，無人操作的宇宙船要順利航至阿米卡星非常困難，一旦發生船體擦撞或系統故障，把身體冷凍起來也是會喪命。」

「原來如此。」

沃爾萊特似懂非懂地點頭。

「你有想過前往宇宙嗎？」我反問。

沃爾萊特突然繃緊肩膀，片刻才尷尬承認：「我有懼高症。」

「居然是這樣嗎？」

我大感訝異。

沃爾萊特難為情地摸著脖子。

「站在三樓窗戶旁邊就是極限了，更高的地方光是想像掉下去的情況就會雙腳發軟。小時候作的噩夢基本上都是從高處墜落。」

「過來留學的時候呢？」

「搭船過來的，多花了好幾週。」

「真是意外。」

「很多人都這麼說。」

這個或許是沃爾萊特幾乎不曾主動提到宇宙的理由吧，畢竟是討厭的事物。

認識了好幾年，同時值大夜班的時候經常聊天，依然會發現未曾知曉卻從很早以前就是如此的另一面。方才的怒意已經平息，我卻再度感受到混雜著焦躁與無奈的情緒。

這個時候，自動門唰地敞開。

千芳學姊圍著那條紅色圍巾，將雙手插在大衣口袋，快步踏入店內。

「歡迎光臨！」

「歡、歡迎光臨。」

我慢了半拍才開口。

千芳學姊沒有回應，冷淡瞥了一眼就經過櫃檯，走到冷飲櫃。

千芳學姊並不是第一次過來這間便利商店，然而她屬於生活中不需要便利商店消費的類型，對於各種新產品的麵包、甜點都興致缺缺，不會買熟食，如果需要影印、掃描也都直接使用研究室的設備。

「予謙哥，那是學校總是跟你走在一起的那位學姊對吧？」

沃爾萊特刻意壓低嗓音。

我不置可否地聳肩，難以揣測她的意圖。

千芳學姊似乎想要消磨時間，悠哉逛過每個商品架，俯身閱讀活動宣傳的標籤卡與價格牌，抽出沒有封膜的雜誌隨意翻閱，等到繞了一圈又回到冷飲櫃，拿起一瓶礦泉水走到櫃檯結帳。

「這項商品有第二件優惠，請問需要嗎？」

千芳學姊抬頭望向播放著珀爾典太空站新聞的電視，好幾秒後才搖搖頭。

「請問需要統編或載具嗎？」

千芳學姊再度搖頭。

我掃描商品條碼，收下剛好的零錢，遞出發票。思索著為什麼她會特別過來這裡，卻毫無頭緒。

結完帳之後，千芳學姊依然站在櫃檯旁邊。

「明天不想去研究室，幫我請假。」

「……感冒了嗎？」

「有點懶懶的。」

「我覺得那個應該無法成為請假的事由。」

「那麼就當作感冒吧。」千芳學姊不耐煩地咂嘴。

「我知道了。」

千芳學姊面無表情看了我好一會兒，接著向沃爾萊特點頭致意就踏出便利商店。

等到自動門關起，沃爾萊特立刻好奇地問：

「予謙哥，你們真的不是情侶嗎？」

「只是普通的學姊學弟。」

我這麼回答，隔著落地玻璃，看著千芳學姊的背影很快就消失在街道的人群當中。

★

結束夜班，我匆匆換回便服，從後門離開便利商店。一瞬間以為千芳學姊會在外面，不過街道空無一人。

我剛開始上大夜班的那段時間，她經常那麼做。在凌晨時分獨自過來，並不會踏入店內，而是在人行道等我下班，興致高昂地拉著我去吃對於大學生而言稍嫌過早的早餐，接著各自返回租屋處或是一起到學校上課。

我忍不住再度左顧右盼，依然沒有看見熟悉的短髮身影。

「回去了嗎？所以真的只是來捎話請假的？明明直接打在群組也行，教授並不太在意這個……」

我不解地嘟囔，看著呼出的白霧迅速飄散。

今晚的夜空晴朗，只有幾抹半透明的灰色雲絮緩緩飄動。

我陷入某種半發呆的奇妙狀態，維持著抬頭凝視的姿勢，直到肩膀被行人撞了一下才猛然回神，退入旁邊巷弄。

這是在國小養成的習慣。

總會下意識地凝視天空，回過神來才發現時間已經過去很久了。

在比起夜空更上方的遙遠某處就是阿米卡星。

風從兩側大樓樓頂呼嘯吹落，夾帶著刺骨寒意。身體彷彿要被吹倒似地左右搖晃，卻也同時有種朝向天空墜落的錯覺。

我沒有抵抗，接著失去平衡地往旁邊傾倒，肩膀因此重重撞到牆壁。

將視線移回熟悉且昏暗的街景，我突然注意到沃爾萊特從巷口走過。他牽著手的那位女子應該就是「沫沫」吧。兩人的動作親暱，看起來相當幸福。

我繼續待在巷弄深處，多等了好一會兒才出去。

仔細想想，千芳學姊以前也經常那樣牽著我的手。

千芳學姊……當時，我還沒有加上「學姊」的稱呼，總是沒大沒小地直接喊她的名字。住在同棟公寓的不同層樓，當千芳的爸爸、媽媽知道我家雙親總是工作到深夜，更是熱情邀請我在他們家一起吃晚餐、寫作業，直到睡覺時間才回家。

由於年長一歲，千芳總是以大姊姊自居，結伴上下學的時候堅持要牽著手。

「又是什麼時候不再那麼做了？」

我走回安靜的夜晚街道。

隨著逐漸接近吵雜的鬧區，思緒變得冷靜。大樓的電視牆與路燈梁柱的螢幕播放著廣告，光彩爍動，卻是幾乎看不到珀爾典太空站的消息。不如說，宇宙相關的字眼都鮮少映入視野。

眼睛被閃得有些發疼。

我加快腳步，接著才想起和愛比蓋兒成為筆友之後，自己忙於撰寫信件，又忙於學習阿米卡官方語和英文，時間完全不夠用，也是在那個時候不再頻繁前往千芳學姊家。印象有些模糊，能夠想起的片段都是關於愛比蓋兒的。

原本只是一時好奇的舉動，沒有想到隨便交差了事的信件會被當成寶物對待，這件事情讓我感到非常開心……以及罪惡感，因此持續寄出信件。

在不知不覺間，這件事情成為了理所當然的日常。

我有許多事情想要告訴愛比蓋兒，也期待從她的回信當中得知關於阿米卡星的各種事物。每晚睡前都想著要怎麼將身邊發生的事情、體驗到的情緒化成文字，假日一整天都待在書桌前面，修修改改，萬分期待著回信。

客觀來看，那是費時、費力也必須花費大筆金錢的行為。

愛比蓋兒生活的國家有針對這點給予豐厚補助，我居住的小鎮卻沒有。扣除學校主辦交流活動的幾封信，之後都是自費。那是對於小學生而言過於昂貴的開銷。

雙親不理解為何我要持續寄送信件給愛比蓋兒，即使我自己打工賺取寄信的費用，他們依然經常對此冷嘲熱諷。身邊的老師同學也都是疑惑、不屑、嘲弄的態度。

現在想來，只有千芳一直陪伴在我的身旁。

沒有對於這件事情表示過任何反對意見，陪著我搭車到鄰鎮圖書館借閱阿米卡星球的翻譯書籍，幫忙確認英文的拼字與文法，介紹親戚開設的餐廳讓我打工，也一同到宇宙航空院的通信局寄信。

千芳的成績很好，甚至比我更早通過阿米卡官方語的檢定。

某次，國小老師在課堂斷言「一百光年」是人類不可能跨越的距離，我感到很氣惱也很沮喪，忍不住哭出來了，直到下課時間依然被同學起鬨、圍觀，那個時候，千芳氣呼呼地闖入教室拉著我離開。那是我們第一次蹺課。

事後分別被老師和彼此的雙親狠狠罵了一頓，至今依然印象深刻。

「雖然學姊應該是裝病，明天還是找時間繞過去看看她吧……」

林予謙先生：

您好。

日前順利收到了您的信件，實在感到萬分驚喜。

據說地球被稱為「藍色行星」。地表有著七成都被海洋覆蓋，從宇宙看過去會是非常漂亮的湛藍色，上面居住著許許多多和我們相似的人們。

除此之外也聽過不少關於地球的事情，像是夜晚的天空有著白色衛星；森林當中有著脖子很長、鼻子很長的大型陸生動物；以及用巨大石磚堆砌建成的三角形古代建築，不過就像媽媽在床邊讀給我聽的童話故事一樣，那些都是與自己無關的遙遠事物。

此時此刻，我拿著地球寄來的信件，寄件人則是與我年紀相仿的男孩子。

一百光年似乎也不是那麼遙遠的距離。

我的官方語學得並不是很好，幸好爸爸的書房有一本字典。央求了整個晚上才讓他同意借給我，一邊查閱一邊寫出這封信，先在此說聲對不起，信中應該有詞不達意或讀起來不通順的地方。

我並不覺得「外星人」這個詞彙有何冒犯之處，請不用介意。

畢竟從我看來，您也是外星人。

關於您在信中提及的問題，是的，我所知道的天空是綠色的。

如同初春萌發的枝枒、如同雨後的草梗、如同岩石表面的半透明蘚苔、也如同奶奶很珍惜的翡翠手環，那是深刻且遼闊的翠綠色。有時候甚至難以分辨天空與森林的界線，很漂亮、很漂亮的綠色。

我很喜歡阿米卡星的天空，卻也對於地球天空有著如此豐富的色彩感到訝異。

如果有機會很想親眼看看。

聽說每次寄出信件的費用是固定的，如果沒有寫到字數上限總覺得有些可惜。

我數了好幾遍，還可以再寫兩千字左右。

正好趁著這個機會，我想要說說關於自己的事情。

我的名字是愛比蓋兒・馮・雷斯米雅德。

我居住在一個遠離喧鬧的小小村落，踏出砌石外牆很快就是茂盛蓊鬱的森林。

雖然大人們都禁止擅自踏入森林，我們孩子們卻有著獨自的路線，可以前往位於那棵黑色大樹與樹旁湖泊的祕密基地。當然了，希望您幫忙保守這個祕密。

現在已經來到第三個季節。

氣溫逐漸降低，森林也變得鮮豔華麗。那顏色比起任何衣裝都要漂亮。

奶奶曾經說過這座村子在以前被旅人們稱為「比雅卡珀」，意思即是「隱居於深林」。我們現在也過著那樣的生活，倚賴著森林而生，倚賴著森林而活，最終也會葬在森林，成為其中的一部分。

家中成員是奶奶、爸爸、媽媽、兩位妹妹、一位弟弟，加上我，總共七人。

爸爸的工作是巡守人，平日會定期前往森林巡邏，注意樹木與動物們的狀況，維繫著平衡，如果發現受傷、生病的動植物就會幫忙照料，那種時候，爸爸經常在森林深處待上好幾天，無法回家。

偶爾會有不懷好意的壞人闖入森林，試圖盜採珍貴的藥草或獵捕稀少的動物。如果發現了壞人的痕跡，爸爸就會連同其他的巡守人趕走他們。爸爸的右邊臉頰有一道傷疤，就是在驅趕壞人時受傷的。

巡守人是一份需要智慧與力量的工作。

不曉得地球是否也有類似的職業呢？

奶奶和媽媽的工作是照顧農作物，農閒時也會編織各式衣物，拿到市集販售。奶奶的技術非常好，其他人需要好幾天才能夠編好的織品，奶奶只要一個晚上就可以完成了，而且會在上面刺繡出自己發明的美麗圖案。

我和弟弟妹妹都會幫忙。這個並不算工作，而是村子裡所有孩子都會的技藝。我最近總算學會披肩的織法……雖然很多小地方都織錯了，也沒有辦法像奶奶、媽媽那樣縫出細緻紋路，不過我會努力練習的。

奶奶跟我約定過，只要學會媽媽的所有編織、刺繡技巧就會偷偷教我「彩雲」

的繡法。那是整個村子只有奶奶會的圖案！連媽媽都不會呢！

村子盛產著多種農作物，家裡也有專門栽種著蒐歐樹、黑角瓜與牧佐的田地。作物會定期售出，不過我們每隔幾天就會前往鄰近城市的市集，販售編織品並且採購生活所需的日常物品。

那是我最為期待的日子。

市集裡面有著令人眼花撩亂的新奇商品，都是在村子看不到的。附近村落的人們都會聚集到那邊擺攤，不分日期都充滿著人，氣氛熱鬧得宛若祭典。

色彩鮮豔的旗幟迎風飄揚，被風吹得發出獵獵聲響。

現在這封信也是跟著媽媽前往市集時候收到的。

原本媽媽聽說那是政府舉辦的某種交流計畫，有機會得到補助，家中有像我這個年紀的孩子就可以提出申請。她並不清楚細節，抱持著姑且一試的心態，沒想到竟然真的被選上了。

對於我而言，比起補助，這封信的意義非凡。

從來沒有想過可以收到來自地球的信件。

真的、真的、真的非常開心！

在這之前，我知道地球是在遙遠宇宙彼端的一顆行星，奇蹟似地居住著擁有文明的人們，偶爾也會有各種消息透過在星際間送信的那個裝置傳遞到我們星球，不過僅此而已。

我居住的村子被森林環繞，綠意盎然，森林深處有幾個能夠捕到魚的湖泊，不過從來沒有看過海。據說往南邊走上數十個日夜就會抵達海洋，那是一望無際的蔚藍，比起湖泊還要大上幾百、幾千倍。

媽媽總說海洋是連接著陸地的天空。

反過來思考，天空是否就是連接著星球的海洋呢？這麼一想，只要抬頭就可以看見連接到地球的天空，比起從未見過的遙遠海洋，地球似乎是更加容易抵達的場所。內心湧現親近感，彷彿自己與那顆藍色行星產生了某種連結。

很可惜的，身邊沒有人知道關於地球的細節。

無論是最為年長睿智的桑德拉奶奶、熟知森林裡面一草一木的爸爸、旅經各大城市的商隊叔叔，他們都無法回答我的問題，甚至不曉得地球的天空居然是藍色的。告訴他們的時候還以為我在開玩笑，真是的！

我還有很多、很多的問題想要詢問。

既然地球被稱為藍色的行星，到處都是海洋和湖泊，不曉得林予謙先生是否很擅長游泳？平日的食物是否又以魚類為主？房子會搭建在水面上嗎？除了脖子很長、鼻子很長的動物，地球有什麼不同於我們這座星球的獨特生物？地球的人們平時過著什麼樣的生活？予謙先生，您又過著什麼樣的生活呢？

問題多到不曉得究竟該從哪裡開始問起才好。

在信件的最後，我想要告訴您。

這封信是我的寶物。

我在家裡沒有屬於自己的房間，不管將這封信放在哪裡都有可能會被弟弟、妹妹弄壞，光是想像那樣的情況就覺得快要哭出來了。思考許久，我決定用媽媽在七歲生日時送給我的手帕仔細包裹，隨身攜帶。

原本希望是防水的皮革袋子，不過揉製過皮革有各種用處，很難買到。市集的皮革製品當中也沒有專門用來裝著信件的款式，特別訂做的價位非常高昂，不過我會努力存錢的。

總而言之，我想要說的是不管身在何處，只要輕觸著收在胸前的信紙就會想起這份興奮不已的心情，可以從中獲得勇氣。

如果能夠得知更多有關林予謙先生以及地球的事情，我會很開心的。

萬分期待您的下一封回信。

愛比蓋兒・馮・雷斯米雅德，入夜前，於爸爸的書桌

5. 航途

今天，當我來到研究室的時候沒有看到瀧本教授的身影。

這是很難得的。瀧本教授將時間都花費在外星領域的研究，說他為此奉獻一生也毫不誇大，有時候來到研究與翻譯的緊要關頭，甚至在老屋一待就是十多個小時，需要千芳學姊和我輪流勸說好幾次才願意回家休息。

我無法報告千芳學姊要請假，只好先處理起堆積如山的工作，不過直到午後，瀧本教授都沒有現身。

研究室靜得讓人有些心神不寧。

群組的已讀只有一人，應該是裝病的千芳學姊。

我咬著從一樓自動販賣機買來的可頌麵包，充當遲來的午餐，心不在焉地凝視電腦螢幕。桌布是維多利亞月面基地在建成當初的官方照片，宇航士們在大廣場排成一列，高舉著太空總署與地球各國的旗幟，越過基地屋頂就是漆黑深刻的宇宙與水藍色的地球。

我和瀧本教授的桌布都是宇宙主題的照片，不過千芳學姊嫌暗色系不好看。她的手機桌布是我們某次大學暑假旅行的自拍合照。

我將揉成團的塑膠袋扔進垃圾桶，偏頭望向千芳學姊的座位。電腦螢幕自然是暗著的，堆在桌邊的大量書籍看起來搖搖欲墜。好半晌，我才想到瀧本教授或許更早就來了，急忙站起身子，在經過時順便把千芳學姊桌面的各種物品往內推，離開研究室前往四樓。

隔著落地玻璃的天空依然濃雲密布，灰濛濛的。

這麼說起來，千芳學姊裝病的理由可能是因為最近一直在下雨吧？我突然想到這點。她不喜歡陰天和雨天，在這座經常下雨的城市居住將近十年之久，有些事情依然難以習慣。

久經磨損的木頭地板只要踩到特定位置就會咿呀作響，我不由得放輕腳步。

老屋四、五樓都是圖書室，樓梯間充滿陳舊書籍的氣味。

以前曾經在信中提到這件事情，讓愛比蓋兒以為地球的書籍在裝訂前會先一頁、一頁浸泡在帶有香氣的防腐香料，所以會染上「氣味」。日後花了好幾封信才好不容易澄清這個誤會。

當我踏入四樓時，果不其然看到了瀧本教授。他穿著一如往常的襯衫、西裝長褲與白袍，雙手在胸前比劃，喃喃自語地低頭走在放置歷史類型的兩個書架之間，每當快要踏出通道之前就會轉身，來回踱步。

這是瀧本教授認真思考時的習慣。

走動可以刺激大腦的運作，鞋底踩在地板的反作用力也有助於提振精神，兩者相輔相成。瀧本教授總是這麼說。身為外星翻譯領域的第一人，瀧本教授偶爾卻會說出真假參半的奇妙言論，讓人懷疑他在開玩笑還是真心這麼認為。

我不敢貿然打擾，站在牆邊等待，不過很快就判斷瀧本教授一時半刻不會發現我的存在，隨手抽起書架最靠近的那本書打發時間。

本校學生禁止進入老屋的圖書室，想要借閱藏書必須先向系辦提出書面申請，申請結果卻總是石沉大海。直到千芳學姊成為瀧本教授帶的研究生，我才得知需要負責人的簽章許可，而瀧本教授當然不會去管那些事情。

我現在同樣成為了研究生，擁有老屋每個樓層的鑰匙，不過忙於工作，尚未有機會讀完全部的藏書。

隨意挑選的這本書採第三人稱視角，講述阿米卡星的古代歷史，內容近似於神話，以生硬艱澀的詞彙介紹幾位人物的生平經歷與事蹟，語句非常不通順，內容更是紊亂、矛盾。我皺眉翻到版權頁，發現這是交流早期出版的書籍就釋然了。

「——噢！」

這個時候，瀧本教授總算注意到我的存在，猛然止步，一副不曉得身處何處的茫然表情。好一會兒，那張布滿皺紋的和藹臉龐才露出笑容。

「幾點了？」

「不好意思，打擾到教授了。」我急忙將手上的書歸位，取出手機瞥了一眼，回答說：「下午三點左右。」

「有什麼事情嗎？」

「現在才報備有些遲了。學姊說她的身體不舒服，今天想要請假。」

瀧本教授瞇起眼，很快就發出輕笑。

「千芳總是太過認真了，偶爾偷懶也不是壞事。」

我不曉得剛剛的對話有哪裡露出破綻，讓教授一口咬定千芳學姊是裝病，尷尬地轉而問：「教授在想什麼呢？」

瀧本教授沒有回答，逕自離開圖書室，摸著扶手緩步踏下樓梯。我亦步亦趨地跟在旁邊，返回研究室。

「予謙，你要來杯咖啡嗎？」

「我來泡吧。」

「沒關係，這個也是樂趣。前幾天去店裡補貨，看起來是新人的店員熱情推薦了這款，說是有著莓果類的風味，連他自己也買了一袋，正想要找機會看看你或千芳是否嘗得出來。」

瀧本教授高興展示放在咖啡機旁邊的灰色袋子，拿起美工刀割開包裝。

咖啡豆的香氣迅速盈滿研究室。

我站在旁邊，一邊回答教授的日常閒聊一邊看著他慢條斯理地磨碎咖啡豆、準備沖泡咖啡。這個角度正好可以看見教授的白袍胸前別著一枚富有透明感的縹色徽章。

那是宇宙航空院的會員徽章。

瀧本教授喜歡天空，也喜歡海洋，卻不喜歡全身藍色的宇宙航空院院服，即使要到總署參加會議也都表示自己的身分是學者，在西裝外面套上白袍，堅持不穿院服。唯一的讓步就是在胸口別著縹色徽章。

宇宙航空院的代表顏色是藍色，相關職員的制服、宣傳海報、宇宙船船體的絕熱塗料、機構大樓的主體設計色調皆是如此。有著深淺差異，卻從來不曾使用藍色以外的顏色。

官方從未公開說明理由，眾說紛紜。

普遍認為最有力的說法是「那是天空的顏色」。

並非宇宙，而是天空的顏色。

直到瀧本教授泡好了兩杯咖啡，我分別用雙手端起馬克杯，跟著走進辦公室。

我先將馬克杯放到桌面才急忙繞過桌子，上前扶住教授的肩膀。

「謝謝。」

瀧本教授發出強忍住關節痠痛的悶哼，緩緩坐到扶手椅。平時總是展現出旺盛的精神與活力，只有這種時候才會讓我意識到教授其實並不年輕了。

瀧本教授擺手示意我坐到對面，休息片刻才喝了一口咖啡。

「味道似乎差不多？」

「千芳學姊應該喝得出差異，不過我只要有咖啡因就行了。」

「確實如此。」

瀧本教授莞爾微笑。

「珀爾典太空站的新聞應該有所耳聞了？」

「是的，那是令人振奮不已的進展。」

「振奮是一個很適切的形容詞。」瀧本教授滿意點頭，繼續說：「人們終於在太陽系邊界建立太空站，完成遠大航路的起點，如此一來，地球與阿米卡星的距離從三位數縮減至二位數。」

「剩下九十八光年啊……」

「這是極為重要的里程碑。原本被視為不可能的任務完成了，今後，受此鼓舞的人們也會有勇氣做出更多挑戰吧。」

瀧本教授是語言的天才，在我這個年紀就熟練掌握數種語言，將研究領域轉至外星語言之後依然會閱讀地球其他語言的原文書。教授總說那是沉澱情緒的好方法，或許因為如此，總有辦法揀選出最適合的詞彙。

我輕聲重複著「勇氣」這個詞彙，琢磨教授想要表達的意思。

「只要人們對於宇宙依然抱持熱情，奇蹟就會再次出現。那是無數努力累積的結果。」

瀧本教授的語氣相當肯定。

我記得在某本雜誌的專欄採訪，瀧本教授也有提到這段話。

奇蹟超越了人類的知識與自然法則，由無數的偶然交錯、堆疊、延伸，那是無法利用科學去解釋的產物。如同地球在無垠宇宙收到了阿米卡星發出的訊息；如同將文字傳送到百光年外的人工蟲洞理論；如同在兩顆星球近兩百億人當中相遇的愛比蓋兒與我。

儘管如此，如果僅僅只是祈禱，奇蹟並不會降臨。

奇蹟是人們主動追求才會產生的結果。

瀧本教授又喝了一口咖啡，詢問：

「不曉得最近的年輕人是否依然熱中於這些事物？」

「在街道比較少看見關於宇宙的廣告，不過我認為那是因為宇宙已經融入地球人們的生活了。書店可以輕易買到阿米卡星的翻譯書籍，透過網路定點攝影機可以隨時觀看維多利亞月面基地的影像，高倍率天文望遠鏡也成為國小、國中的常見設備。我們生活在一個比起數百年前更接近宇宙的時代。」

「還有呢？」

瀧本教授趣味盎然地聆聽。

我端正坐姿，有種當初進行研究生面試的錯覺。

「前陣子吃到的幽浮巧克力蛋糕也是一個例子，就是教授買來當作下午點心的那款。這座城市隨處可見的便利商店販售宇宙相關商品，表示很受到小孩子與年輕人的歡迎——」

我遲來地想起幽浮蛋糕已經下架了，新推出的商品是沒有任何宇宙要素的檸檬塔，頓時語塞，幾秒後才苦笑著轉開話題。

「雖然我不太算是年輕人了，這個意見有待商榷。」

「說什麼呢，你當然是年輕人，未來有著無數的可能性，肯定有辦法親眼見證遠遠超過『初次接觸』的歷史性事件。」

腦海閃過幾個模糊的未來，然而都需要出現第三次奇蹟才有可能實現。

我努力不將失落神情表現出來。

「我也這麼希望。」

咖啡的香氣依然淺淺地縈繞在研究室，混著晦暗的光線與堆積在地板的寒冷空氣。那是令人打心底覺得放鬆的味道。

「予謙，你有想過將信件出版成書嗎？」

瀧本教授突然這麼問。

我一時之間無法理解我們在談論什麼話題，陷入沉默。

「你和那位穿著亞麻披肩的人兒的信件。」瀧本教授補充說。

「啊啊，原來是指這個……出版嗎？」

「兩人持續二十年的通信，期間從未間斷，總數量超過兩千封，內容提及地球與阿米卡星的日常生活與衍生的各種話題。那是極為珍貴的文化資產，對於兩顆星球而言都是如此。」

出乎意料的，浮現內心的第一個念頭是拒絕。

又花費些許時間，我才意識到那份念頭的本質是嫉妒。每封信件都跨越了光必須前進一百年的距離，經過許久年月與心意累積而成，描述著我和愛比蓋兒的人生、內心、情感與身處的世界。整個宇宙只有我們兩人知道。

我不希望讓第三個人參與這份關係。

「那會成為近十年最熱銷的書籍吧，版稅也足夠支付下半輩子的通信費用，不必到處打工了。」

我很想當場回絕，不過面對恩師只能委婉苦笑。

「我會……認真考慮這項提議。」

「聽起來意願不高。」

瀧本教授勾起嘴角，似乎早就猜到我的反應。

「當然了，這件事情必須徵詢對方的意見，假設你們兩位都同意，每封信件的字數上限不得超過2560個字，全部加總也超過了五百萬字，整理、刪減想必會是大工程，需要好幾年才有辦法整理完畢。現在只是提出一個建議，並不用急著給出回覆。」

相較於一百光年，五百萬字似乎顯得龐大許多。

即使清楚知道並非如此，單位不同，比較兩者也沒有意義，然而我想要好好珍惜這個錯覺。

「我很期待讀到兩位通信的內容。如果出版了，希望替我簽名。」

「教授說笑了……大多是日常生活的閒聊，沒有學術研究的價值。」

「正是關於地球與阿米卡星的日常內容才顯得尤其珍貴啊！持續如此長時間的非官方交流，據我所知，只有你和那位穿著亞麻披肩的人兒而已。」

「應該還是有其他人啦。」

瀧本教授不再繼續這個話題，抬頭望向掛在牆面的珀爾典太空站照片。

我跟著轉動視線。

當然了，那張照片並非實際的珀爾典太空站，而是透過電腦建模的預想完成圖。畫質清晰，每個細節都栩栩如生，對比過去幾天充滿雜訊的實際轉播畫面，更是有著懸殊落差。

在我成為研究生的第一天，那張照片就掛在那個位置了。

瀧本教授有時候會站在相片面前，什麼事情都不做，只是單純地抬頭凝視……或者說抬頭「眺望」更加貼切。

「那麼我回去忙了。」

我準備離開辦公室，卻在起身時被喊住。

瀧本教授將雙手交疊放在桌面，像是準備說明重要事項。

「前幾天收到了一份通知。尚未正式公開，不過也是這幾天的事情吧。」

「請問需要保密嗎？」

「等到公開就不用了。」瀧本教授說：「地球準備派出一支交流隊。」

「交流隊？」

我對於這個名稱感到不解，皺眉反問。

瀧本教授數次負責主編阿米卡官方語的辭典，生涯翻譯過近千本書，相當注重用字遣詞。我和千芳學姊提交出去的初稿基本上不可能一次過關，總會被退件，要求修改得更加精準貼切。

正因為如此，我無法理解不可能航至阿米卡星的地球要如何派遣「交流隊」。

瀧本教授沒有立刻說明，依然保持微笑。

「你知道地球太空總署設立的兩大目標吧？」

「當然，這是所有外星領域學生都該聽過的常識。」

我立刻回答：

「第一目標是讓人工蟲洞傳送文字以外的物品，並且在傳送活體生物時不傷及性命，最終希望傳送載人宇宙船，達成光年單位的『跳躍航行』；第二目標是在地球與阿米卡星之間建造無數座太空站，構築出連綿不斷的『遠大航路』。日前竣工的珀爾典太空站就是這條航路的起點。」

「當初其實有第三個目標，可惜基於各種考量，在內部討論的階段就被否決了，不曾對外公開。」

「難道就是交流隊嗎？」

瀧本教授微笑點頭。

「地球太空總署對此依然維持強硬的反對立場，因此本次由數十個民間組織和宇航相關領域的公司主導，資金和設備方面都已經準備就緒，只要湊齊成員就會出發。」

這個時候，我隱約猜到交流隊的計畫細節。

那是在眾多陰謀論與謠言當中也經常見到的內容。

「十艘宇宙船，每艘搭載十人。一百位隊員將會花費五十年前往地球與阿米卡星之間的宙域，在雙方平均壽命皆是八十年的情況，抵達後還有數年的時間進行交流。」瀧本教授平靜地說。

話題的規模過於龐大且跳躍，我吶吶張著嘴，說不出話來，內心某處卻湧現難以言喻的興奮。

「阿米卡星那邊也預計派出差不多規模的交流隊。等到五十年後順利會合，集結兩顆星球的最新技術建立一座聯合太空站……名稱暫定是『依尼緹姆』，有著『起始、最初場所』的涵義。」

瀧本教授握緊布滿皺紋的手指。

「屆時，地球人與阿米卡星人將面對面地接觸、交流，孤獨發展數十億年文明的兩顆星球終於產生交集，正式寫下宇宙歷史真正的第一頁……日後也會繼續派遣人員前往依尼緹姆聯合太空站，在數十年、數百年後，想必會發展出獨自的文化，成為不同於地球、阿米卡星，在廣大宇宙當中第三個有眾多智慧生命生活的場所吧。」

那個前景過於遙遠、美好且壯大，卻是清晰浮現腦海。

話雖如此，目前雙方星球的宇航技術都無法突破光速。如同教授所言，單程就需要花費至少五十年，打從啟程就沒有返航的預定。

這是一趟有去無回的旅途。

當我想通這點的瞬間，那份充滿胸口的興奮略為減輕。

「第一批隊員已經大略決定了。我看過名單，裡面尚未有外星語言與文化的專家，宇宙船也還有空位……如果你有意願，我很樂意寫幾封推薦信。」

瀧本教授凝視著我。

「我認為你是這趟旅途的最佳人選。」

這段話的衝擊比起方才將信件集結出版的提議還要劇烈。

我發不出任何聲音，錯愕站在原地。

「予謙，你和我很像，同樣都是願意為了阿米卡星奉獻一生的類型，而『語言』的存在意義正是讓不同文化的人們進行交談、互相瞭解。我們學了這麼久的語言，現在終於有機會派上用場了。」

瀧本教授沒有看向我，依舊凝視著掛在牆面的珀爾典太空站照片。

「要不是已經這個年紀了，我也不願意放過這個機會……做為我的學生，希望你可以代替我去見證那些我們都渴望見到的景色。」

我研究外星語文的動機並沒有像瀧本教授那麼遠大。

只是單純希望更加瞭解愛比蓋兒想要表達的意思，更加流暢地將自己的心情寫成文字寄送出去。只有這樣而已。

「你毫無疑問是外星語言的天才。」

「教授過獎了。」

「這是一個難得可貴的機會。」

瀧本教授說。

「我從小時候就深深著迷於遼闊未知的宇宙，難以自拔，即使因為身高限制沒有成為宇航士，也成為了天文學者，然後現在是研究外星語言的教授、翻譯和航空院的榮譽會員。」

我首次聽見這件事情，不由得怔住了。

瀧本教授的眼中透出緬懷神色。

「我沒有經歷『初次接觸』，卻有幸見證維多利亞月面基地的竣工。現在依然清晰記得每個細節——官方頻道在晚上開始即時轉播，結束時已經是深夜，然而我興奮得毫無睡意，躺在床鋪不到幾分鐘就爬起來滑手機，或是看著地球太空總署發布的新聞稿；或是輪流刷新各國論壇，依序閱讀討論串的每則回應……宿舍沒有開燈，藍光照映在牆面。除了自己的心跳也能夠隱約聽見校園各處傳來的聲響，彷彿大家都在慶祝這項壯舉。」

「教授也有那樣的時代啊。」

「當然，我也曾經是大學生。」
瀧本教授挺直腰桿，繼續說下去。
「當時的狂熱或許略遜於初次接觸，然而同樣震驚了全世界。身邊所有人都在討論著宇宙，只要抬起頭就可以看見的月球表面建立了大型基地，在不遠的將來，或許人們有辦法在月表長期生活，再度邁出歷史性的一大步。」
「我和愛比蓋兒聊過這方面的話題。阿米卡星……至少她生活的村子與周邊城市同樣熱烈討論著維多利亞月面基地竣工的消息，對此感到萬般驚喜。」
「多虧了星際間通訊設備，即使相隔一百光年，地球與阿米卡星的人們依然有辦法談論同樣的話題。」
「是的。」
「那晚也是我決定將今後人生都奉獻在外星語言的契機。」
「居然是這樣子嗎！」
我訝異地喊。
「現在想來，我很慶幸將研究領域從天文轉至外星語言，也很慶幸自己生在這個時代，得以親眼見證人類史上許多初次達成的壯舉。沒有結婚也沒有孩子，將所有人生都奉獻在此，然而如果更加貪心一些，我還想要見識更多……想要親眼看著阿米卡星的人們，想要跟他們握手，想要親口交談，等了這麼多年終於等到交流隊的機會，可惜這身老骨頭禁不住五十年的宇宙旅途。」

瀧本教授沉重嘆息，像是發自內心感到遺憾。

空調在宛若宇宙船的研究室持續運轉，嗡嗡作響。

這個瞬間，我毫無由來地想起千芳學姊。

她大概還不曉得這項消息吧。否則肯定會氣勢洶洶地跑到我的面前訴諸正論，不擇手段地試圖阻止。

千芳學姊很瞭解我，或許比我還要更加瞭解我自己。

她知道我有可能會參加交流隊。

拋下身邊所有事物，前往未知的遙遠宙域。

實際上，一想到這麼做即可更加靠近愛比蓋兒所生活的星球，我就必須極力克制才能夠忍住興奮。各種思緒雜亂湧現心頭，卻以此最為強烈。血液彷彿化為甜膩的楓糖漿，光是流動就會感受到充盈胸口的喜悅。

我握緊手指，深呼吸幾次才有辦法再次開口：

「可以讓我考慮一下嗎？」

「這件事情攸關今後數十年的漫長人生，而且沒有辦法反悔，當然要仔細考慮清楚。正好明天是週末，不用過來大學了，好好沉澱心情吧。」

「謝謝教授。」

「另外，無論你最後做出什麼決定，都要跟千芳說清楚。」

「咦？」

瀧本教授沒有給我追問的時間，逕自將空掉的馬克杯往前推，示意著幫忙收拾，也示意著我該回去工作了。

★

前往五十光年外的未知宙域建立大型太空站。

這將會是一趟有去無回且充滿危險的旅途。

不同於月面基地或其他環繞地球運行的太空站，交流隊無法得到支援，無論面對任何問題都只能自行處理。即使船內配置著星際間通訊設備，有辦法第一時間獲得太空總署的各領域專家建議，人類在數千年的歷史當中都未曾航離太陽系，難以預測途中會發生什麼樣的意外……

我反覆思索著交流隊的提議，回過神來才發現已經回到了租屋處。站在房間中央卻沒有開門的印象。光線昏暗，原本積蓄的沉悶空氣一開窗就往外傾瀉。

「這麼說起來，忘記去探病了……」

我打開電燈，對於倏然充斥室內的光亮用力眨眼，等到習慣才坐到電腦桌。等待開機的途中又忍不住查看了手機。

群組依然沒有動靜，單獨發過去的幾則訊息則是被已讀不回。

緊接著，我突然理解到千芳學姊是故意沒有回覆的。

千芳學姊並非不曉得關於交流隊的消息，正好相反，她比我還要早就從瀧本教授口中聽說了這項計畫，並且猜到我的反應。

「所以才會特別過來便利商店啊。」

眼前再度浮現千芳學姊的臉龐。心臟彷彿被緊緊揪住，有些疼。

千芳學姊向來不擅長掩飾真心話，然而我也沒有敏銳到能夠輕易看出她試圖隱藏的心思，即使相處了二十幾年也是如此。

相較於言語，有時候以文字更容易清楚傳達出意思。

胸口沉甸甸的。我拿起離開研究室之前瀧本教授給的手冊。

稍微反光的靛藍色封面印有宇宙航空院的徽章，膠裝裝訂，看起來是正式隊員才會拿到的內部資料。訓練內容包含基礎體能、心理素質、綜合知識、專業知識等等幾個類型，最後記載著十多頁的注意事項。

我隨意翻著，看到一半就將手冊闔起，往後躺在椅背。

接下來經過了很久，我什麼都沒有做，凝視著電腦桌布的銀河星雲與放在旁邊桌面的靛藍色手冊，直到肚子餓到受不了才起身走向小冰箱。

冰箱裡面比原本預期的更空。只有幾瓶礦泉水、一小盒巧克力和幾個從便利商店拿回來的過期麵包。

外出身陷熱鬧人群當中總覺得會更加低落，我拿起蔥花麵包回到座位。冰過的麵包變得有點硬，乾掉的蔥也很難咬斷。

我不曉得該後悔還是慶幸沒有去探病，幾乎是湊著水胡亂嚥下麵包，隨即端正坐姿，打開文字編輯軟體，將雙手手指放到鍵盤上面。這個時候才訝異發現指尖相當冰冷。

上次收到愛比蓋兒的信是在三天前。

依照我們之間的默契，最遲也要在今晚寄出回信。

以往總有許多事情想要告訴愛比蓋兒，懷抱著隨時會滿溢而出的豐沛情緒，將之化成文字，寫完後花費許多時間刪減，剔除多餘的形容詞與描述，偏偏今晚進展緩慢。盯著電腦螢幕好幾個小時，依然尚未寫到２５６０字的上限。

寫了無數封信，我依然需要反覆琢磨很久才有辦法將思緒順利化成文字，至於那些沒有實際寫出來的部分只能夠祈禱愛比蓋兒心領神會。

當我寄出信件時已經是深夜……或者說凌晨更加恰當。

窗外的漆黑夜空邊緣浮現微光，那個變化迅速且強烈，眨眼過後，天空已經呈現極為清澈的湛藍。夜色消失無蹤。我突然很想要將這件事情寫在信內，然而已經寄出的信件無法修改，只好留到下一封信。

「今天是星期六真是太好了，而且剛好沒有排班……」

我將身子摔到床鋪。累積的疲倦與睡意迅速湧現。

在意識即將入眠的朦朧之間，我似乎聽見了手機收到新訊息的提示音，伸手摸索片刻才將之拿到眼前。

那是千芳學姊傳來的訊息。

她預訂了一間餐廳，約了今天的晚餐。

致愛比蓋兒：

最近地球的天氣越來越冷了。

說話時呼出的白霧、開始飄落的金黃色銀杏、剛沖泡好的咖啡熱氣、厚重的衣物觸感以及無所不在的刺骨寒意。身處高樓大廈的都市叢林也能夠切身感受到冬日降臨。

阿米卡星應該也是如此，在嚴寒的第五個季節更迭之際最容易患病。

請保重身體，不要感冒了。

宇宙航空院通信局在平日傍晚的五點關門，那之後就不受理任何業務，即使收到設定信箱傳來的信件也會等到隔日上午才寄送。正因為如此，我通常在晚上寫信。

記得我曾經趁著午休時間，在研究室試圖撰寫回信，結果卻是遲遲無法集中心神，打出來的內容等到晚上重看就都刪掉了。

深夜的寧靜讓思緒得以沉澱，順利組織文字，構築出想要傳達的意思。

敲打鍵盤的細碎聲音會在房間迴響。

我很喜歡那樣的氛圍，不過總是手寫的妳應該很難理解吧。

連續幾日的天氣都刷新了今年的最低溫紀錄，可以切身感受到寒冬。

便利商店也開始販售各種冬季的新商品。先前提過的幽浮造型蛋糕是我近年來最喜歡的甜點，光是看著就不禁莞爾，遺憾的是根據店長說法，銷量不佳，大概不會推出同系列的新產品了。

這件事情讓我感到些許寂寞。

清楚記得在我就讀國小時，宇宙的事物隨處可見，身邊人們也都在談論相關話題。當時正好是維多利亞月面基地的三十五週年，舉辦了諸多慶祝活動，各家公司也推出以月球為主題的新產品。其中，便利商店舉辦了購買一定金額就贈送抽獎券的活動，首獎是前往月面基地的三天兩夜雙人旅遊。

我只能夠從影像紀錄與大人們的談話中得知「初次接觸」的細節，現在想來，那些慶祝活動就是我的初次接觸吧。自己喜愛的事物能夠受到大眾歡迎很令人開心，現在著手翻譯阿米卡星的書籍也是為了延續、推廣這份心情吧。

清楚記得我在那個時期刻意省下了早餐錢、午餐錢，在放學後全部拿去購買便利商店的麵包。千芳學姊幾乎不會在便利商店購物，在活動期間也會買些礦泉水、巧克力，然後裝得若無其事地將抽獎券給我。

我知道獎品是前往月面基地，也知道那裡距離阿米卡星有著同樣幾乎是一百光年的距離，沒有太大差異。年幼的自己懵懵懂懂，又或者是不願意深入細想，在心底某處覺得只要乘上宇宙船就有辦法前往阿米卡星。

那時我們剛開始通信不久，那份心情當中也蘊含著想要見妳的願望吧。

當然了，結果並不會盡如人願。

抽獎券大多落空，只有幾張抽到了安慰獎的宇宙船磁鐵、宇宙風景明信片，千芳學姊送的一張則是抽到了月面基地模型。算是中獎了。該模型約是一本書的面積，頗為細緻地呈現出月面基地的各處區域與被稱為「大廣場」的空地，其中又以搭建中的第八代哈伯宇宙望遠鏡最為精緻。

我在高中離開家裡，住進學校宿舍。大部分私人物品與小時候的玩具都扔掉了，不過那個月面基地的模型始終珍惜地帶在身邊，無論去到何處都會放在書桌右上角。

現在寫著這封信的時候，只要轉頭就可以看見書桌角落灰白色的圓弧形基地屋頂。那座月面基地的模型就是我的寶物吧。

愛比蓋兒，妳曾經提過最初收到的那封信是妳的寶物，這句話對我意義深遠。

那是這段關係的起點。

身邊的人們都在談論位於遙遠宇宙盡頭、地球友人居住的那顆星球，卻也僅此而已，話語與文字都過於……曖昧了。不好意思，我斟酌許久，依然沒有想到更加合適的形容詞，最後使用率先浮現腦海的這個詞彙。

曖昧。

我沒有見過阿米卡星，自然也沒有見過阿米卡星人。

每當提起這方面的事情，腦海只會浮現連輪廓都模糊不清的畫面。

儘管如此，月面基地的模型可以捧在掌心，感受著它的重量，用指尖碰觸每一個細節，對於我而言是身邊最接近阿米卡星的事物。即使相隔一百光年的遙遠距離也會湧現真實感。

最近，維多利亞月面基地即將迎來竣工的第五十年。

地球因此展開一系列的盛大慶祝活動，我所居住的城市也是如此。路燈懸掛著繪有宇宙航空院徽章的縹色布條，大樓外側的電視牆播放著月面基地的即時影像與宇航士們拍攝的祝賀短片。

很可惜的是便利商店再也沒有舉辦抽獎活動。

假設真有舉辦，大概也無法像小時候那樣省吃儉用地努力存下零用錢，衷心期待著每一次的抽獎結果吧。

阿米卡星沒有衛星，附近的小行星群也難以建立太空站或基地，不過聽聞設置了好幾座宇宙電梯，有辦法在短時間內將研究員與各種物品從地表運至宇宙，不必一一使用火箭或宇宙船，大幅節省了時間與費用。

不曉得那些宇宙電梯是否也會在週年舉辦類似的慶祝活動呢？

地球在百多年前有過類似計畫，可惜技術力不足，停留在理論階段。

妳所居住的城鎮周邊還沒有架設宇宙電梯，並未親眼見過，聽說那是有如從宇宙墜落的絲線，表面反射著金屬的炫彩光澤，極為漂亮。乘坐時，在突破大氣圈的瞬間會出現浮游感，宛如朝向宇宙墜並墜落，那是異於宇宙船、太空站的獨特體驗。

希望總有一天能夠親眼見識、親身體驗。

兩顆星球都在宇宙領域傾注大量資金，各個領域的專業人士也持續研究，隨著時間經過，我們瞭解到更多關於宇宙的事情，卻也面對更多難以解決的問題與阻礙。

地球與阿米卡星的交流本身就是「奇蹟」。

原本需要擁有超越光速的星際間航行技術，偶然抵達彼此星球的周邊宙域才能夠進行交流，第一個訊息與人工蟲洞的理論讓我們跨越了這個或許會耗時數百年的阻礙，儘管如此，若沒有出現新的奇蹟，必須繼續花費數百年研究出相應技術才能夠更進一步地進行交流。

即使是最新的宇航技術，很遺憾的，依然無法超越光速，因此也無法跨越一百光年的極限。在抵達目的地之前，宇航士的壽命會先抵達盡頭，然而如果我們兩顆星球合作，或許有機會突破這項瓶頸……不好意思，語序或許有些混亂，妳或許會感到疑惑，為何我叨叨絮絮地談論這方面的事情吧。

請容許我重新進行說明。

今天，瀧本教授告訴我一項尚未公開發表的大型計畫。

地球預計派遣一支百人規模的交流隊，朝向阿米卡星航行五十光年，在該宙域建造以「起始」為名的「依尼緹姆聯合太空站」。

據聞阿米卡星也正在推動相同計畫。

簡言之，雙方的交流隊經過五十年航行將會在那座太空站會合。地球人與阿米卡星人有機會在那座太空站面對面地交流。

——有機會實現真正的「初次接觸」。

瀧本教授將之稱為「正式寫下宇宙歷史第一頁」的壯舉。

我有幸受邀參加交流隊。

接下來的內容其實刪刪改改了好幾次，遲遲無法順利寫出想要傳達的意思，因此我就直說了。

愛比蓋兒，請問妳是否願意加入交流隊，在依尼緹姆太空站與我見面呢？

我知道這是一個倉促且冒昧的提議，不過希望妳可以認真考慮。

誠摯等待回覆。

予謙敬上

6. 星際間

那間餐酒館從大學步行過去約十五分鐘。位於巷弄深處，兩側都是普通住宅，外牆沒有特別裝潢，只有在門邊掛著店名的小型金屬招牌，很難發現，算是只有少數人才知道的隱藏店家。

聽說直接將德國常見的人名拿來當作店名。我在大二修過幾堂基礎德文，現在已經忘得差不多了，從來沒有讀懂過，不過千芳學姊可以很帥氣地流暢唸出店名。餐點價格對於大學生稍微偏高，不過氣氛很好，料理也很美味。

只要發生值得慶祝的事情，我和千芳學姊總會選在這裡用餐。

像是期末考結束，千芳學姊擔任系排隊長時打入全國預賽，我翻譯的新書出版，千芳學姊的二十歲生日，千芳學姊成為瀧本教授的首位研究生，買的彩券中了小獎，論文順利完成，搶到演唱會的票，我成為瀧本教授的第二位研究生——

「不過這次顯然不是為了慶祝啊……」

我站在餐酒館門口做好心理準備，重新拉挺襯衫才拉開玻璃門。

店內裝潢走工業風格，牆面都是粗胚狀態的淺灰色水泥，不規則掛著各種壁飾，有色彩鮮豔的老式海報、黑白照片的立體相框，也有飛鏢靶，櫃檯上方甚至掛著一個巨大的金屬麋鹿頭。天花板布滿裸露的鋼筋與管線。整體色調黯沉卻不會讓客人產生壓迫感。

黃銅吊燈散發著柔和光線。

好幾臺壁掛式電視都在播放同一場網球賽。

廚房內場和座位區只隔著半開放式的出餐檯，踏入店內就可以聞到淡淡的煙味、焦味與醬料香味。

我很快就看見千芳學姊已經坐在最裡面的雙人桌了。

她穿著紫黑色的襯衫與刷破牛仔褲，向來隨意打理的短髮此刻整齊地固定在側邊。午夜藍的髮夾表面閃爍著金屬光澤。

我向櫃檯的店員頷首致意，逕自走入店裡。

千芳學姊抬頭瞥了我一眼就繼續看電視，不過也像是單純望著那邊發呆。

木製圓桌只放著一杯漸層橘色的飲料，很難從外觀判斷是否含有酒精。已經喝掉半杯了，柳橙片與薄荷都被半融的冰塊擠到杯底。

「這是美國公開賽？」我坐到對面。

「今天你請客嗎？」
「受到邀請的人付錢總覺得有些奇怪，不過就這樣吧。」
「嗯嗯，那場早該打完了，現在是十月底耶。」
「說得也是……身體好點了？」
「什麼好點了？」
對話微妙地沒有咬合。看來那杯是酒精飲料。
千芳學姊的酒量不太好，但是很喜歡喝。租屋處的冰箱裡面總會放著幾罐果汁酒，偶爾睡前會刻意將之倒入玻璃杯，縮著身子坐在床鋪角落，花很多時間一邊看著手機影片一邊小口、小口地慢慢喝完。
千芳學姊的左手戴著一只粉金色手錶。當她拿起玻璃杯時正好反射著燈光，閃閃發亮。
那是我在她大學畢業那年送的生日禮物。錶面是粉紅色，寫著我不曾聽過的品牌名，外框與錶針都是帶著淺粉的淡金色，造型簡約而且很有質感。
千芳學姊從來沒有喜歡過粉紅色，穿衣風格大多偏向男性化的褲裝，更是說過討厭「手腕被束緊」的感覺，連參加重要考試都只將手錶放在桌面。話雖如此，我當時在百貨公司的專櫃偶然看到那只錶就認為很適合千芳學姊，即使詢問價錢之後比原本預料的多上一個零，還是當場買了下來。

我坐到對面，拿起硬皮菜單隨手翻閱。
「妳點了嗎？」
「沒有。」
「有什麼想吃的嗎？」
「都可以。」
「每次都這麼講，實際上還是很挑食吧……那杯是什麼？」
「忘了，服務生推薦的。還不錯。」
千芳學姊用食指和中指將平底玻璃杯往前推。
我拿起玻璃杯喝了一小口，伸手招呼服務生點餐。帶皮炸薯條、糖心鵪鶉蛋沙拉、孜然辣炒雞腿肉、鷹嘴豆泥佐麵包切片、紅酒燴野菇燉飯，同時確認麵包切片沒有塗蒜味抹醬，想了想又加點了一杯相同的飲料。
「謝謝。」
我目送服務生走入內場，提振氣氛地笑著問：
「有什麼值得慶祝的事情嗎？」
千芳學姊沒有回答，無精打采地盯著網球賽。
料理很快就陸續上桌。
我們的對話依舊斷斷續續，沒有咬合，不過多少緩解了緊繃氣氛。

千芳學姊沒有什麼胃口，原本打算兩個人分著吃的燉飯最後幾乎都是我吃掉的，途中倒是加點了兩杯酒。即使酒精度數很低，也讓我忍不住擔心她會不會當場醉倒。

回過神來，不知名的網球賽已經打到第三盤第五局。

在我翻看著菜單的甜點頁面時，千芳學姊總算願意開口了。

「你要接受嗎？」

「現在在講什麼話題？」

「少來了，演技有夠拙劣的。」

我一度想要繼續裝傻，然而看著千芳學姊的雙眼就知道無法蒙混過去，投降似地放下菜單。

「關於交流隊的事情嗎？」

「不然會是哪件？」

千芳學姊並沒有立刻說下去，用指甲不耐煩地敲擊桌面。咚咚、咚咚、咚咚的。明明店內播放的音樂、網球賽的觀眾掌聲和其他客人的聊天頗為嘈雜，那個聲音卻清晰到讓人感到刺耳的程度。

片刻，千芳學姊才停止，想要確認什麼似地問：

「你打算怎麼做？」

我不由自主地端正坐姿。事前暗自草擬了好幾次對話內容，然而實際提到這個話題，我依然不曉得該說些什麼才是正確的。

「學姊是什麼時候知道的？」

「那點重要嗎？又再轉移話題。」

我頓時語塞，伸手想要拿點東西拖延時間，然而餐盤大多被收回去了。桌面空蕩蕩的。我的右手停在半空中好幾秒，最後拿起水杯，但就只是拿著而已。

「難道你竟然打算接受嗎？」千芳學姊錯愕地再度詢問。

「……我還在考慮。」

「這種事情有什麼好考慮的！」

千芳學姊用力拍桌。

原本喧鬧的店內一瞬間陷入寂靜，客人與服務生紛紛投來視線。

我急忙向周遭領首致歉，低聲勸說：

「冷靜點。」

「需要冷靜的人是你才對，究竟知不知道自己在說什麼蠢話……」

千芳學姊低頭凝視桌面，彷彿要壓碎什麼似地用指腹壓著木頭紋路，急促喘息。

感受到她傳來的憤怒與痛苦，我卻找不到合適詞彙，只能試圖帶開話題。

「這麼說起來，學姊是第二順位的候補吧。如果我拒絕，就輪到學姊獲得交流隊的參加資格了。」

「我絕對不會參加。」

千芳學姊說得斬釘截鐵，怒意更加高漲。

「能夠請教理由嗎？」我問。

「用得著問嗎？那是有去無回的旅途。」

「嗯。」

「而且沒有辦法反悔，一旦乘上宇宙船就必須在裡面度過接下來的人生了。」

「確實如此。」

「予謙，你沒有真正理解那麼做的後果，現在被那些美好的理想遠景沖昏了頭。」

千芳學姊咬牙說：「那是近似於自殺的行為啊，人類甚至不曾離開過太陽系，一口氣就要前往那麼遙遠的宙域簡直、簡直……你會死的。」

「並不一定吧。」

千芳學姊的怒意突然消散，迅速到令人害怕。

她的視線變得極為冰冷。

「即使僥倖沒死，也會失去至今為止累積起來的重要事物。你花費五十年待在宛如監獄的宇宙船內……花費了後半人生，究竟為了得到什麼？」

「對於人類而言，那是歷史性的一刻。」

「不要說那些連自己也不相信的堂皇理由。為什麼你這麼堅持要參加交流隊？明明就算真的抵達終點，順利建立了依尼緹姆聯合太空站也不可能見到愛比蓋兒——」

千芳學姊猛然噤聲，難以置信地蹙眉。

我暗自嘆息，知道極力隱瞞在內心深處的想法被看穿了。

千芳學姊用著肯定的語氣提出疑問。

「予謙，難道你認為愛比蓋兒也會做出同樣的事情嗎？聽到這個消息之後，她會做為阿米卡星的交流隊隊員，搭乘宇宙船航行五十光年的距離。你認為她會拋下一切就為了與你見面嗎？」

我沒有回答。

想法被看穿的現在，我也沒有必要回答了。

一陣沉默後，千芳學姊忽然搖頭，自嘲地露出苦笑。

「……你真是個笨蛋。」

千芳學姊深深嘆息，將額頭抵在互相交疊的手背。

我遲來地意識到那些事前準備好的答案根本不可能說服千芳學姊，因此同樣陷入沉默。

玻璃杯外側的水珠滑落到桌面，浸溼了紙質杯墊。杯墊變成很深的褐色。

許久之後，千芳學姊才再度抬頭。她露出疲倦不已的神情凝視前方，越過我的肩膀看著恢復喧鬧的店內。以前似乎曾經見過她露出這樣的神情，但是我想不起來究竟是什麼時候。

「拜託你了，予謙，今後不要再和愛比蓋兒通信了。」

千芳學姊幾乎是懇求著這麼說。

「……不好意思，我這次真的不曉得現在講什麼話題。」

「那樣沒有意義。」

「什麼意思？」

我發現語氣帶上不肯退讓的堅決，比起討論剛才交流隊的話題時更加強烈。

「我不明白為什麼要放棄。這是我的個人自由吧。」

「自由啊。在眾多理由當中選擇了這個詞彙，不愧是教授的學生。」

「既然學姊這樣要求，至少要提出說服我的理由。」

「你當真認為這份戀情會有結果嗎？」

千芳學姊正色詢問。午夜藍的髮夾正好反射著燈光，有些刺眼。

我沒有回答也沒有迴避她的視線。

片刻，千芳學姊選擇了退讓，再度開口：

「你覺得繼續通信下去就會得到稱心如意的結果嗎？真心認為某天地球會突然造出有辦法迅速航至阿米卡星的宇宙船？還是乾脆直接研發出無視物理距離的傳送

門？」

「人工蟲洞的理論已經存在了，隨時有可能出現劃時代的突破性進展。」

「理論當然已經有了，幾十年前就有了，然而遲遲沒有任何進展啊。我們依然只能夠發送有著字數限制的信件，而且那個上限從來沒有增加過。」

這些事情，我是再清楚不過的。

千芳學姊緊緊皺眉，認真尋找著理由。儘管我們都知道那樣沒有意義。

「這顆星球生活著將近百億的人口，宇宙相關領域的學者人數逐年增加，普通人也有著遠遠超過百多年前的專業知識與高價天文器材，每天更是有超過十萬的人死亡也有超過十萬的嬰兒出生，人數龐大到難以計算，然而凱爾・勞伯頓・薩爾亞斯和瀧本誠十郎這樣的天才在一百年內只有出現兩位……只有兩位而已。」

「所以呢？」

「所謂的劃時代進展已經出現兩次了，難道還奢求第三次嗎？」

千芳學姊是正確的。

從以前就一直都是正確的。

正因為如此，以往當我被她逼問到啞口無言的時候只要保持沉默，爭執也會到此為止，偏偏千芳學姊今天堅持要理出一個結論……堅持要讓我親口說出那個結論。

「奇蹟不會出現這麼多次。」

千芳學姊堅定重複。

我拿起水杯，放到嘴邊才發現已經空了，轉而拿起千芳學姊沒有喝完的調酒。玻璃杯的底部殘留著泡沫、碎冰與配料殘渣，喝起來又甜又澀。

「話題的主軸是不是跑掉了？」

「沒有跑掉，我們從頭到尾都在講同一件事情。」

千芳學姊露出毅然神色，戳破了那層我們以往都心照不宣的默契。

「予謙，真的願意為了連容貌都沒見過的外星人耗費一生的時間嗎？」

「學姊不也打算為了無法實現的戀情耗費一生的時間嗎？」

我下意識地反駁，不過在說到一半的時候就後悔了。這是絕對不應該說出口的內容，逾越了底線，然而我基於某種倔強還是說完了。

千芳學姊頓時怔住，無法理解似地蹙眉。

緊接著，當情緒再度湧現的時候卻不帶任何怒意，而是錯愕與難堪。

千芳學姊用力咬住嘴脣，露出一個彷彿快要哭出來的表情，不過肯定只是錯覺。她從小就以大姊姊自居，絕對不會在我面前流淚。

一直以來都是如此。

經過漫長且短暫的空檔，千芳學姊倏然站起身子，胡亂抓起放在桌邊的長皮夾和手機，用力踢了我的小腿一下就大步離開餐酒館。

我沒有追著她的背影，頹然靠著椅背，不知為何突然想起那段在禮堂樓梯間的記憶，相碰的肩膀、放在腳邊的空餐盒與嘴角沾著紅豆餡的千芳學姊。畫面鮮明無比卻是一閃而逝，難以負荷的疲倦隨後湧現，幾乎要將我淹沒。

★

深夜的便利商店總是很安靜。

我站在櫃檯後方，凝視著牆面那張邊角微微掀起的海報。由於差不多要貼新的了，一直沒人去處理。

今天一起值大夜班的同事依然是沃爾萊特。他看起來不知為何情緒低落，若有所思地皺著眉，打從在員工休息室換成制服的簡短招呼就沒有對話。我也正好趁機沉澱心情。

認識超過二十多年，千芳學姊和我吵架的次數多到已經數不清了。

高中運動會的前夕，甚至因為某本不見的漫畫究竟是誰弄丟的這種小事吵到打起來。當時我的鼻梁有整整一個月都貼著繃帶。

這次我們都是成年人，擁有克制住出手衝動的理智，吵架方式卻更加差勁。

瞭解到對方內心最不願意被碰觸的那個部分，宛如將整隻手強硬伸入傷口當中掏挖、拉扯、攪和，最後將深處黏稠不堪的醜惡情緒全部扯出來，毫無藉口可言地曝晒在外。

每次吵架，要由認為自己錯了的那方主動提出邀約，無論看電影、參加音樂會或吃飯都無所謂，必須主動製造一個對話的契機。另一個人也不能拒絕，無論是否還在生氣都要接受邀約。

這是我們之間的默契。如此一來不管吵得多凶都會和好。

不過這次倘若由我主動提出邀約，不啻於認同千芳學姊在餐酒館的那些言論，因此我沒有那麼做。在研究室見面時只討論工作，保持著最低限度的對話……當然了，千芳學姊也沒有提出邀約。

此外，我遲遲沒有收到愛比蓋兒的回信。已經過了往常該收到兩次回信的時間，卻是毫無音訊。檢查過信箱的每個收件匣，也打過數通電話詢問通信局職員，卻是完全沒有來自阿米卡星的新信件。

這件事情也讓我心煩意亂。

上一封信邀請了愛比蓋兒參加交流隊，不免擔憂是否因為說明不足，產生了某種誤會，又或者過於突兀令她不曉得該如何回覆。如果只是那樣還好，倘若發生了什麼意外——

我可以列出許多猜測，然而都無法確認，除了繼續等待她的回信沒有其他的辦法。無能為力的挫折持續堆積。不同於以往感受到的焦躁，那是更加深沉的負面情緒。

交流隊的事情，我同樣尚未給出回覆。

瀧本教授如同以往交代工作的時候，沒有催促也沒有再度提及這件事情。考慮到可能決定參加的情況，我先辭掉了便利商店的打工，沒有向店長提及交流隊，單純表示希望專注在研究生的工作。不過店內人手嚴重不足，在店長的拜託之下勉強同意繼續排班。

菸櫃上方的電視再度頻繁播放起宇宙相關的報導，話題卻不是珀爾典太空站，而是準備前往阿米卡星的交流隊。

這項消息不曉得從何處洩漏了。過去幾天，片段情報與衍生的謠言甚囂塵上。其後，主導這項計畫的數個民間組織召開聯合記者會，正式證實交流隊的成立並且公布數項細節，像是依尼緹姆聯合太空站的設計圖、宇宙船的型號、為此製作的新型宇航服，以及現在依然擺在租屋處桌面的那本手冊。在直播的最後，公布了第一批的隊員名單。

全員都是二十歲左右的天才與逸才。

宇航士、物理學家、宇宙工程師、太空站設計師、醫生、現役軍官、數學家、心理學家、機械工程技師、歷史學者、天文學者。誠如瀧本教授所言，其中確實沒有專精外星語言的隊員。

這場直播引起軒然大波，贊同與反對的聲量都極為激烈。

等到順利啟程，第二梯、第三梯的交流隊想必也會陸續出發吧。

五十年很久，有去無回的旅程也很瘋狂，然而人們有著各自的理由選擇這麼做。出乎意料的，像是瀧本教授這樣為了研究、為了夢想奉獻一生的人並不少見。

宇宙的狂熱從未消失。

不同於過去數千年來的胡亂摸索，這一次身處地球的人們有著明確方向。

我們發送的訊息、傳達的思念與啟程的宇宙船，都會筆直駛向阿米卡星。

熱飲櫃遵照店長的吩咐，始終擺得滿滿的，各種品項一應俱全，有客人買走一罐就補上一罐。實際上，熱飲也是深夜時段最暢銷的商品。

我盯著熱可可的鐵罐，突然想起曾經與愛比蓋兒聊過這方面的話題。

這個時候，自動門倏然敞開。

「歡迎光臨。」

我急忙出聲招呼，作勢整理著菸櫃以免被認為在偷懶，直到那位客人走到櫃檯結帳才轉身，依序拿起雜誌、漢堡排便當和提神飲料刷著條碼，隨口詢問：

「請問有需要統編或載具嗎？」

「不用了……咦？予謙先生，為什麼您會在這裡？」

我猛然回神，看著眼前身穿筆挺西裝的青年，半晌才認出他是梁記者。在不久前曾經親自過來大學的研究室屋舍，熱切希望採訪瀧本教授，最後由我代替接受採訪。

我急忙端起笑容。

「您好，上次的採訪真是麻煩了。」

「為什麼會在這邊？難道是大學的某種公益活動嗎？」

「我在這裡打工。」

「明明您是瀧本誠十郎教授的研究生？」

「研究生的薪水大多都得經過學校的層層審核，也要看指導教授的計畫有沒有通過；如果是向政府申請的研究經費，拿到的金額和時間都不太固定。在這裡打工至少確定每月會有份薪水準時入帳。」

「但是……」梁記者打從內心感到無法接受似地瞪大眼，繼續追問：「您翻譯的外星作品將近三位數，更是經常接受採訪，不是嗎？」

「翻譯是單件計費，無論賣得是否暢銷，拿到的稿費都相同，加上專攻的語言較為冷門，委託並不多。有辦法接受採訪主要都是多虧了瀧本教授，採訪費會納入研究室的經費。」

「原來如此。」

「大部分的研究生應該都挺窮的。」我簡單帶過，沒有提及星際間通訊設備的高昂開銷，轉而問：「請問有需要購物袋嗎？」

「不用了，這個麻煩微波。」

「好的。」

我拿起便當放入微波爐，有些耐不住沉默，再度開口：

「這麼說起來，您工作的出版社應該不在附近吧？」

「附近有一場珀爾典太空站的模型展。不是官方舉辦的，不過規模很大，很多相關領域的人都有到場參與，我去跑採訪。」梁記者隨手比了一個方向，苦笑著說：「剛剛才結束，趁著回公司前過來買晚餐。雖然說是宵夜比較恰當。」

「辛苦了。」

「彼此彼此。」

交談再度中斷，店內只聽得到微波爐運作的聲響。

「對了。」

梁記者很快就發揮健談個性，拿起雜誌。

「正好這本刊登著上次的訪談，前天才剛出版。我們這邊有發信告知，也有寄公關書到大學研究室，不曉得是否有收到了？」

那是千芳學姊負責的工作。

以往在這種時候都會提一聲，或者半強迫地將那些期刊雜誌塞給我，不過吵架中的現在自然不會那麼做。

「最近研究室有點忙。」我苦笑著說。

「當然！我可以理解！又是月面基地的五十週年慶典、珀爾典太空站的順利完工，現在還有準備前往阿米卡星的民間交流隊，簡直是媲美初次接觸事件的宇宙熱潮！能夠生活在這個時代真是太幸運了！」

「不是前往阿米卡星。」

「什麼？」

梁記者疑惑反問。

我知道這邊應該順勢敷衍過去，卻忍不住糾正：

「地球與阿米卡星的距離是一百光年。依照現今科技，宇宙船只能勉強達到光速航行，無法超越光速，考慮到各種突發狀況，花費一百二十年、一百五十年也是有可能的事情。人類的壽命沒有辦法活著抵達阿米卡星。」

我刻意強調了「勉強」兩字。

梁記者一怔，毫不在意地笑著說下去。

「真是不好意思，我從以前就是這樣，只要提到宇宙的話題就會難掩興奮，用詞不夠精確。您說得沒錯，地球出發的十艘宇宙船會航向五十光年的中繼點，偕同阿米卡星的交流隊隊員攜手建立依尼緹姆聯合太空站。」

我應了一聲，瞥向站在旁邊的沃爾萊特。

梁記者停頓片刻，抬頭望著依然在播報交流隊新聞的電視螢幕。

「關於那場人類有史以來最為漫長遙遠的旅途，不曉得予謙先生是否也有機會參與其中？目前公開的名單當中並沒有語言專家。」

「我不清楚。」

我反射性地說完才意識到應該要否認，而不是使用模稜兩可的說法。

梁記者像是察覺到什麼似的，不過正好微波完畢，「嗶、嗶、嗶」的提示音打斷了他尚未說出口的內容。

我迅速拿起衛生紙與塑膠餐具，放在便當上面，用雙手遞出。

「請注意不要燙傷。」

梁記者領首接過，拿起提神飲料就要轉身離開。

「不好意思，雜誌沒有拿！」

我急忙喊。

「其實我有出版社的公關書，只是習慣自己到店裡買一本。既然予謙先生尚未讀過就請趁機讀讀看吧，我自認寫得很不錯，今後如果有其他的採訪機會也請務必拜託了。」梁記者笑著說。

我來不及拒絕，梁記者就踏出自動門了。

寒冷空氣與街道遠處的各種聲音在一瞬間傳入店內，很快又被隔絕在外。

「予謙哥，剛剛那位是熟人嗎？」

沃爾萊特好奇詢問。

「工作認識的記者。他原本想要採訪瀧本教授，只是行程無法配合，由我代替接受採訪。」

「那樣很厲害耶，刊登在雜誌上面。」

「還好啦。」我隨手將雜誌收到櫃檯內的抽屜，轉而問：「這麼說起來，最近和女朋友相處得還好嗎？那個……記得綽號是沫沫對吧？」

沃爾萊特的表情一僵，好幾秒才露出苦澀神情。

「吵架了嗎？」

「……算是吧。」

沃爾萊特單手摀住臉，猛然蹲下，在我追問之前就逕自說了起來。

「她似乎一直以為我會留在這裡。前幾天正好因為那個交流隊的事情聊到了宇宙旅行，話題順勢變成想要找機會去加拿大看看，然後就……雖然沒有確切聊過，我一直以為她會跟我回去加拿大。」

我慶幸著店內沒有其他客人，緩慢整理措辭。

「有些話即使重複了許多次也會造成誤會。現在聽起來，你似乎不太確定是否要回去了。」

「我……還在考慮。」

沃爾萊特將臉埋得更深，聲音變得悶悶的。

不知為何，內心感到些許的惱怒與嫉妒。

我凝視邊角微微掀起的海報，深思過後才意識到這些情緒源於無能為力的挫折。即使當真分隔兩地，他們依然待在半天航程就可以抵達的場所，平時也可以透過電腦與手機交談，幾乎不會有延遲，不像愛比蓋兒待在即使花費一生也無法抵達的遙遠星球，唯一聯繫手段只有昂貴且內容很有可能因為磁場消失在宇宙某處的文字信件——

話雖如此，對著困擾的學弟發脾氣也未免太難堪了。

我很快就壓下那些負面情緒，平靜開口：

「我有一位深愛的女朋友。」

「……是的？」

沃爾萊特疑惑回答。

「她是阿米卡星的住民。」我低聲補充。

沃爾萊特過了好幾秒才理解這句話的意思，訝異抬起頭。

「真的嗎？不是為了安慰我隨便想出來的？」

「如果是胡扯的，也會選一個比較現實的理由吧。」

「說得也是，不過那樣究竟是怎麼……相處的？我的意思是現在科技還沒有到那個程度吧？剛剛也跟那位記者講過，目前無法航行至阿米卡星。」

「書信交流。」

沃爾萊特再度怔住了，若有所思地說：

「予謙哥其實很浪漫啊……」

這個時候，正好有新的客人上門。在自動門開啟的清脆聲響當中，我刻意朗聲喊著「歡迎光臨」，結束對話。

★

下班後，我沒有多作停留，直奔租屋處。

隨手將雜誌放到一旁，我迅速打開電腦電源，直接站著等待開機完成，接著用力敲擊鍵盤輸入密碼。信箱內依然沒有收到「宇宙航空院通信局」的新信件。

焦躁感再度湧現，眨眼間就充斥體內。

我不死心地繼續敲著鍵盤，又查了好幾個網站。宇宙航空院的官方網站依然沒有發表星際間通訊設備出現大規模障礙的公告，幾個論壇也沒有看到寄往阿米卡星信件丟失的相關討論串。

既然如此，為什麼愛比蓋兒不再回信給我了？
究竟發生了什麼事情？
難道是因為上一封信的內容嗎？
我坐在床鋪邊緣，想著無法得到解答的疑惑，持續刷新電腦螢幕的收件匣卻依然沒有收到新信件。
桌面凌亂堆滿關於阿米卡星的書籍與資料。
那本記載著訪談的雜誌正好放在交流隊手冊上面。
許久之後，我才站起身子，簡單吃點冰箱裡面的吐司和牛奶。沒有烤過，湊著甜膩冰冷的牛奶胡亂嚥下，接著走到衣櫃旁邊。
衣櫥下方的大抽屜鋪設著防潮襯墊，裡面有四百多封信。
以前，我曾經想過將收到的信件都親手寫出來。無奈自己的字跡過於潦草，無法表達出愛比蓋兒的細膩，寫了幾封就放棄，最後折衷地將那些信件列印出來，整齊對折，收在信封裡面，並且在正面寫下收到那封信的日期。
將信件全部列印出來的費用可觀，收納更成問題，因此只有高中三年的分量。
每隔一段時間，我總會在夜深人靜的時候將那些信件取出來，一邊閱讀一邊感受紙張的觸感，想像著這封信真的是從一百光年以外的阿米卡星寄來的。
「那也是十年前的事情了，現在肯定不會這麼做吧。」

我小心翼翼地在眾多信封中翻找，盡可能不發出沙沙聲響，許久才在最底下發現一個泛黃信封。角落微微捲起，封口處也因為多次開啟出現摺痕。

那是愛比蓋兒對於告白的回信。

也是我們關係出現轉捩點的一封信。

我坐在地板，小心翼翼地取出信紙，低頭閱讀著早已銘記在心的文字。

無論第幾次都依然感到無比緊張，宛如首次讀著對於告白的回覆，手指不禁顫抖，必須刻意用力才能夠捏緊信紙。時間緩慢卻確實地流逝，整棟公寓逐漸變得極為安靜。大多數住戶應該都在睡夢當中吧。

我倚靠牆壁，聽著自己的呼吸與心跳，陷入某種半夢半醒的狀態，彷彿身處那個頭頂就是翡翠綠天空的寧靜村落。因此當敲門聲突然響起的瞬間，我嚇到似地站起來，錯愕地左顧右盼。

時間已經來到深夜。夜幕反射著城市燈光，呈現一層淺灰色的光暈。

我起身走到玄關，開門就看見千芳學姊。

她穿著沒有圖樣的黑色T恤和牛仔褲，外面披著一件薄長袖，看起來像是直接從研究室趕過來，氣喘吁吁的，不等我開口就沒有耐性地用肩膀撞開，逕自踏入房內。

「感覺比上次來的時候更亂耶。」

千芳學姊站在書桌旁邊，這麼說。

「應該是學姊的錯覺。我每週都有打掃，只是物品比較多。」

「藉口。」

「那麼大概就是我們對於整潔的定義有著差異了。」

我將掛在椅子的大衣和塑膠袋拿到旁邊，擺手示意。千芳學姊沒有領情，打開窗戶讓冷風灌入房內，逕自坐到床鋪邊緣，雙手環抱在胸前。

「你依然沒有改變心意嗎？執意參加那項送死的計畫？」

千芳學姊冷淡地問。

「這個時間過來就為了講這件事情嗎？」

「不要轉移話題。」

「這趟旅程確實存在著危險性，然而前往宇宙本來就無法保證絕對的安全。搭乘車輛、郵輪和飛機也有可能遭遇意外事故。」

「有去無回的旅途已經脫離安全兩字的範疇了，假使最後你真的平安無事地抵達目的地，並且順利建好那座太空站，接下來的日子都得待在那個金屬棺材裡面等死，那樣與送死有何差別？」

「如果教授聽到妳將結合兩顆星球最新技術與心血的太空站稱為金屬棺材，肯定會無奈苦笑。」

「都說了不要轉提話題！」

我沉默幾秒，等到千芳學姊的急促呼吸稍微平復才繼續說下去。

「根據目前公開的情報，交流隊會先航行至珀爾典太空站，在那裡休憩整備，端視情況也有可能折返，隊員當中有著機械工學、電子工程的專家和醫生，足以應付各種意外情況。儘管如此，千芳學姊，妳真正想要說的事情並不是這些吧。」

「……嗯。」

千芳學姊端正姿勢，伸手將側邊的頭髮全部撩到耳後，凜然開口：

「予謙，我喜歡你。」

或許是沉靜冬夜的緣故，聲音平靜且清晰無比。

沒有想過會在這種時候收到千芳學姊第四次的告白，我不禁怔住了。

回答卻很快就脫口而出。

「我知道，或許比學姊以為的還要更早就知道了……不過我有一位戀人。」

不同於聽見回答就放棄的以往。千芳學姊沒有露出絲毫退讓、膽怯的神色，堂堂正正地詢問：「難道沒有選擇我的可能性嗎？」

我沒有回答。

地板凌亂散著各種雜物，書籍、紙張與空寶特瓶，意識到這點的瞬間忽然覺得很冷。寒冷從裸著的腳底滲入，迅速蔓延開來，某些身體部位似乎因此失去了知覺。

我好幾次想要回答，不過張開嘴又發不出聲音。

呼出的白霧很快就飄散。

「更早遇見你的人是我，待在身旁的時間更久的人也是我，此時此刻，你卻執意要選擇那位連容貌都不曾見過的愛比蓋兒嗎？」千芳學姊再度詢問。

「學姊——」

「叫我的名字。」

千芳學姊忽然這麼說。

「直接叫我的名字，不要使用那些稱謂增加距離感。」

我妥協嘆息：「千芳，這種事情不是簡單列出數字就可以決定的事情。沒有正確答案，也沒有標準答案。」

「至少給出理由。」

「我有一位深愛的女朋友了。」

「那樣並不構成理由。」

「如果不願意接受這點，我們也無法談下去。」

我抿起嘴脣，尋找著合適、精準且不會傷害到她的詞彙。

「我很喜歡妳，千芳，這是真的。我們相處的時間比真正的家人更多，非常感謝妳在小時候願意陪著我，無論在學校的時候，或是回家在公寓的時候，永遠都會站在我這邊，成為我的夥伴，儘管如此，那份感情不會成為愛戀……以前不會，現在不會，我認為將來也不會。」

「我想要問的『理由』並不是那個。」

千芳學姊搖著頭。

我不曉得她想要表達的意思，皺眉陷入沉默。

「為什麼？」千芳學姊又這麼問。

「千芳，妳喜歡的人並不是我。」

「什麼意思？」

「我們相處了很長的一段時間，然而我並沒有在妳面前展現出真正的自己……妳知道的並不是真正的我。」

「所以愛比蓋兒才知道真正的你嗎？這個就是你想要表達的意思嗎？」

透過文字，可以表達出許多用言語難以說明清楚的細膩情緒。更因為字數有限，我們總是搜索枯腸地試圖使用更加精簡、更加確切的表達方式。

正是因為向彼此展露真心才能夠維繫這段關係。

我不再解釋。

沒有人說話的時候，狹窄房間就變得極為安靜。風持續從窗戶吹入，颯颯、颯颯的，寒冷、體溫與難以付諸言語的情緒持續堆積在腳邊。

「這個真是最差勁的拒絕理由。」

千芳學姊用力咬著牙，不死心地問：

「予謙，為什麼你如此深愛著那位愛比蓋兒。」

「不好意思，我無法理解這個問題的意義。」

「如果愛比蓋兒・馮・雷斯米雅德站在面前，你能夠認出她來嗎？」

千芳學姊突然這麼問，語氣冷靜且銳利。

對此，我不假思索地給出答案。

「當然。」

「沒有經過思考的回答只是賭氣，那樣並不算是回答。」

「我會認出愛比蓋兒。」

「明明沒有任何的根據？」

「我有自信。」

「你沒有發現嗎？那樣依然沒有解釋到任何事情呀。」千芳學姊垂下眼簾，無可奈何地捏緊手指，繼續問：「如果愛比蓋兒並不存在呢？」

我沒有想過會聽見這樣的反駁，愕然反問：

「學姊，妳在說什麼？阿米卡星確實存在，維多利亞月面基地與珀爾典太空站也都存在。我們讀了十幾年的相關書籍，也翻譯了無數文章，沒有任何理由去相信那些無憑無據的陰謀論。」

「不是那個意思。」

千芳學姊深呼吸了幾次才有辦法說下去。

「阿米卡星當然存在，人工蟲洞技術、星際間通訊設備也確實存在，然而你又怎麼能夠肯定地表示『愛比蓋兒・馮・雷斯米雅德』那名生活在森林深處村落的女子真的存在？」

我覺得胸口閃過一陣刺痛，立刻用指尖勾起鍊子，取出片刻不離身的隨身碟項鍊。

「這個隨身碟裡面有著我們二十幾年互相交流的信件。」

「所以呢？」

「難道我過去都在和不存在的人通信嗎？」

「誰說得準呢？」

千芳學姊苦澀地勾起嘴角。

「畢竟你從來沒有見過愛比蓋兒・馮・雷斯米雅德，不是嗎？」

「……那又如何？」

「不曉得她的容貌，沒有聽過她的聲音，沒有牽過她的手，沒碰觸過她的肌膚。你自認為瞭解到了她的內心，然而實際的愛比蓋兒・馮・雷斯米雅德又真的有在信件當中展現出了所有自己嗎？難道沒有任何隱瞞嗎？」

「為此編織超過二十年的謊言，而且支付高額寄信費用，那樣有什麼意義？」

「在她的家鄉，那麼做可以得到補助吧。說不定除了你以外，她還同時與其他幾位地球人通信呢。」

千芳學姊的嗓音沙啞，像是在刨挖尚未結痂的傷口。

我知道這個並不是真心話，否則她就不會露出那樣的神情了，因此沒有回答。

「予謙，你喜歡的人是一位居住在一百光年以外的外星人。」

千芳學姊疲倦地說：

「你們這輩子永遠也沒有機會見面，遑論替這份戀情延伸出新的關係，然而我喜歡的人此時此刻就站在自己面前，只要伸手就可碰觸到他的臉頰、胸膛與手臂。這兩種心情不能夠相提並論。」

千芳學姊伸出手，豎起纖長食指。

她的指尖並沒有依言碰到我的身體，隔著數公分的距離。我卻覺得自己的心臟被輕柔且確實地抵住，壓出小小的凹陷。

心跳聲在眨眼間變得震耳欲聾。

千芳學姊很快就垂落手臂，自嘲地勾起嘴角。

「從很早、很早以前，我就決定自己會一直待在你的身旁……不對，這樣講不夠精確，為了讓自己能夠一直待在你的旁邊，我努力地、持續地、竭盡心力地走在前面。如果我不這麼做就會被你遠遠甩開。」

這段話的本質和剛剛講過的內容相似，然而我從中更深一層地理解到千芳學姊想要傳達的意思，靜靜聆聽。

「國中時，你每天放學都待在圖書館讀著關於外星的書籍直到離校時間，我就參加田徑社一起回家；高中時，知道你很憧憬瀧本誠十郎，我就先考進這所大學；大學時，我努力成為他的研究生，因為知道你也會這麼做……即使你在今後一直保持著通訊、一直認為這份感情是戀情都無所謂。」

千芳學姊說：

「最終，一直待在你身邊的人是我。這點才是最重要的。」

「這是妳的選擇，我對此保持尊重。」

「聽起來是要我也對你的選擇保持尊重呢。」

「改變他人想法是很困難的，如果本人沒有意願就更是如此。」

「都說了——」

千芳學姊痛苦地搖頭。

「你沒有聽懂我剛才想要表達的意思。我不介意你繼續抱持那份戀心，維持信件交流也無所謂，這是真的，予謙，我只請求你不要去送死。」

「看來我們在這件事情上面無法達成共識。」
「剛才說過改變他人想法很困難的人是你吧，現在卻又奢望愛比蓋兒會和你一樣賭上所有一切前往依尼緹姆聯合太空站嗎？為了什麼？為了見上一面？為了證明這份戀心真實存在？」
我再度陷入沉默，因為想不到能夠說服千芳學姊的理由。
千芳學姊抿起嘴唇，昂著臉，接著突然露出一個如釋重負的表情。
「這一次，我不會再追著你了。予謙。」
半透明的淚水忽然滑落臉頰。
千芳學姊沒有伸手擦拭，像是要將我的神情烙印在眼底似地認真注視，許久之後才凜然踏出房間。
在擦身而過的瞬間，我們的手指稍微碰到了。
指節的骨頭很硬。微弱痛楚從手指一路往上延伸，不過很快就消失了。
明明以姊姊自居的千芳學姊從來不會在我面前落淚，二十幾年來都是如此，但是她卻哭了。
剩下自己一個人的房間恢復成不久前萬分寧靜的狀態。
我反覆思索方才的對話卻沒有辦法給出其他回答。
回過神來，我才發現自己躺在地板。視野歪斜，需要花費更多時間才能夠理解究竟看到了什麼。地板的細小紋路、書籍、空寶特瓶、堆疊成小山的資料紙張，那封對於告白的回信不知為何飄到了床鋪底下。

我伸長手臂才好不容易碰到。

緊接著，照入室內的刺眼光線才讓我注意到不知不覺間天亮了。簾幕被風吹得微微捲動，從縫隙可以窺探到窗外景色。今天是一個湛藍耀眼的晴天。

我轉過身子，逃避似地閉起眼。

掌心的信紙已經被揉成團，稍微捏緊就會發出「沙沙」、「沙沙」的聲響。內心某處覺得很可惜，不過這封信並非愛比蓋兒親手撰寫的那封，只是自己列印下來的，隨時可以再印出幾十封、幾百封。紙張的稜角刺入肌膚，有點痛。

予謙先生：

您好，感謝一如往常的迅速回信。

最近天氣逐漸變得暖和，來到了蒄歐樹結果的季節。在森林的田地當中可以看見結實纍纍、垂落在樹幹末端的無數黃色藤蔓，遠遠望去就像是隨風飄動的簾幕，相當漂亮。

今年的農作豐收、品質優良，在市集賣出很好的價錢。多虧如此，下半年的生活費可以不用擔心了，甚至有餘力進行新的投資，媽媽正在思量著要栽種黑角瓜或科布蘇蘇。

前者是一種外皮堅硬且呈現藍黑色的水果，吃起來很甜，綿綿軟軟的，種子也可以做為染料。在我還小的時候家裡有栽種過，後來因為蟲害改種蒄歐樹，不過聽說最近幾年有了專門的農藥。

後者是最近幾年許多村子都改種的作物，莖幹比起人們還要高上兩倍，會結出深褐色細小果實，可以食用，不過味道並不好，又苦又澀的，大多拿來當作牲畜的飼料。近來有些公司大量收購用來釀酒，似乎有機會成為村子的新特產。

奶奶和媽媽為此斟酌許久，難以抉擇，不曉得予謙先生有什麼看法？

回到最初的話題，我們在鄰鎮市集採購不少生活用品，也買了幾項奢侈品，像是保暖性極佳的高級布料、爸爸中意的烈酒以及弟妹的新衣裳。我也買了幾本地球的翻譯文學著作，因為想要珍惜地讀，現在依然放在那本收錄著地球風景畫作的作品集旁邊。

聽聞地球近期在名為「月」的衛星建立了大型基地，派遣近百位常駐的研究人員，也已經順利將人工蟲洞的星際間通訊設備搬移完畢。沒有了大氣層的干擾，有機會在各個領域做出嶄新突破。

如果謠言並非謠言，將會有宇航士與專家學者長期居住在那座太空基地吧？那將會是地球、阿米卡星都未曾達成的壯舉。話雖如此，聽說月的重力只有地球的六分之一，倘若長期居住，無論心理或身體層面都很有可能生病，畢竟外面就是沒有大氣的極端環境，無法預測會發生何種意外，而且骨質、肌肉與免疫系統在低重力的環境下也會產生難以恢復的變化。

待的時間越久，即使回到地球也或許無法適應站在大地的生活了。

我不禁思考，如果自己擁有那個機會，是否會選擇在月的太空基地長住呢？

予謙先生，您又會做出什麼選擇呢？

阿米卡星同樣致力於提升宇宙領域的科技力。

由於沒有衛星，以建設通往宇宙的電梯為優先目標。我並不清楚詳情，根據市集聽來的內容，那將會是從遙遠天空垂落下來的玻璃絲線，閃閃發亮的，連接著地表與宇宙。
聽說宇宙電梯的進展很順利，希望在十年內做出成果。
許多學校也陸續開設了相關科系。從今年開始，官方語更是成為必修科目。
身為村子裡面少數幾位會說官方語的人，我開始在農閒時間教妹妹與鄰居的幾位孩子。這是我第一份的打工。無關從奶奶、媽媽身上學到的技藝，以自身知識賺取金錢，內心充滿成就感也能夠攢下信件費用，使用地球的諺語來說就是一石二鳥吧。
您還記得嗎？您當初在餐廳打工，領到第一份薪水時相當興奮，用了將近一千字描述詳細經過，煩惱著該用那筆錢購買最新版本的阿米卡官方語辭典，還是該購買禮盒答謝平日經常受到照顧的青梅竹馬一家人。我現在也對於那份情緒感同身受。
今後預計會繼續這份教孩子們官方語的打工。
畢竟如果不會造成困擾，我也想要給您多寄幾封信。
關於您在上一封信提及的內容……如果產生了誤會，似乎會是相當難為情的事情，然而倘若因為各種顧慮隱藏了真實心意，那樣就是更加令人感到後悔的事情了。
關於這項提議，我思索了許久。
過去幾年來，我們透過信件持續交流，毫無保留地向對方展現出真正的自己。
許多無法輕易用言語傾訴的內容都寫成文字，得以反覆閱讀。
您是最瞭解我的人。某些角度而言，或許比我還要瞭解我自己。

——星際間的戀情。

光是寫成文字就感受到心臟跳得有多麼劇烈，難以壓抑這份情緒，好幾個夜晚都翻來覆去地無法成眠。或許正因為此生都無法相見，這份感情才顯得彌足珍貴。

相當湊巧的，我前幾天得知地球的語言當中有著「靈魂伴侶」這個詞彙。

當時我正在鄰鎮的圖書館尋找地球的食譜。過去這幾年來，有越來越多的地球作品被翻譯成阿米卡星的各種語言，出版成冊。由於食材種類與調理手法的差異懸殊，食譜是相較少見的類別，偶爾在信中讀到您提起的各種料理，心想著如果找到類似食材或許有機會重現。

至今為止很少在信中提到這點，不過我的料理技術頗受家人好評喔。

圖書館內有著許多地球相關藏書，可惜大多是幾十年前的出版品。如果要讀最近出版的暢銷書，唯有直接在書店購買。售價昂貴，乃是相當奢侈的行為。

最近，地球的暢銷連載小說在鄰鎮掀起熱潮，這陣餘波也傳到村落。弟弟、妹妹們都讀過第一集，深深著迷不已，當我前往圖書館的時候總會央求著如果看到續集一定要借回去，可惜從未見過。

圖書館的會員在每年年底可以填寫一本希望購買的書籍申請表，交由職員抽籤決定，不過該活動是所有類別共同抽籤，數量繁多，我填寫的書籍從未被抽到。我的籤運向來不是很好。

不好意思，話題有些扯遠了。

我在尋找地球食譜的時候，正巧在一本小說讀到這個詞彙。

「靈魂伴侶」。

這個詞彙有著許多意義，並不局限於戀人，所描述的那份感情也不局限於愛戀，而是靈魂與靈魂之間緊密的、親暱的、相合的關係。映入眼簾的瞬間，有種內心深處被碰觸到的奇妙感覺。

我用指腹撫摸著書頁，反覆閱讀那個詞彙。

在阿米卡星……或者說在我們的村子也有著靈魂的概念。

我們稱之為「薩珈亞」。

當人們死後葬在森林，肉體腐朽、消失，然而薩珈亞會持續存在——成為清晨凝結在枝葉末端的水珠、成為枯枝縫隙間萌發的新芽、成為沉積在草地的一隅陽光、成為即將綻放的蓓蕾、成為堆積在湖底的渾圓石子。

薩珈亞會成為森林的一部分。

我認為「靈魂伴侶」相當適合用來形容我們之間的關係……話雖如此，當時已經快要到閉館時間，無法查詢這個詞彙的確切定義，家裡的地球語辭典則是剛好沒有收錄到這個詞彙。倘若誤解了意思，還望糾正。

為了掩飾害羞寫了許多無關的內容，請您不要見怪。

這是有記憶以來，首次有人向我傾訴愛意，而且如此直接真切。

您無法看見我此時此刻的表情或許值得慶幸。自從閱讀完最新一封信之後，臉頰羞紅到連自己也感到詫異的程度，平時想起內文也會羞赧地停止正在做的事情，久久難以平靜。

現在提筆寫著回信的時候更是益發強烈，彷彿快要燒起來了。

地球的詞彙會如何形容這樣的情形、這樣的感覺呢？我不曉得，然而為了避免產生誤會，我知道要清楚寫下答覆。

是的，予謙先生，我很樂意成為您的戀人。

這個就是我的答覆。

今後請多多指教。

您的戀人愛比蓋兒，於下著小雨的深夜筆

7. 夢與現實

那是一個天空呈現翡翠綠的星球。

風從遠方吹來，掠過樹梢、山稜與溪流，將草梗吹低到幾乎貼著大地。有著五彩漆瓦的屋舍比鄰而建，圍繞成一座小村落，其中有著廣場、水井與集會所。身穿鮮豔披肩與披風的村民們來回走動。有些人聚集在水井旁輪流汲水；有些人待在廣場處理摘採下來的作物。

村落以一道灰白色的砌石矮牆區隔，外面是農田，更遠處則是繁盛蓊鬱的森林。深刻漸層的綠意當中可以見到許多地球不存在的植物，像是攀附在巨大古樹根部的紫紅色藤蔓、隨風飄浮的絨毛種子、細小苞蕾垂直排列的黃色花朵。

我抬起頭。

天空遼闊無際，澄澈透明的翠綠讓人不禁感到眩目。

明明是首次見到的陌生景色，我卻感到無比的繾綣懷念。

緊接著，村民們依稀傳來的談笑聲響，讓我從心底逐漸湧現的焦躁蓋過其他情緒。我邁步踏入森林，想要離那座村落越遠越好。

視野頓時暗了下來。巨木的樹冠交錯堆疊，無論往何處望去，森林都彷彿沒有盡頭地持續延伸。這座森林當中棲息著許多凶猛野獸，經驗豐富的巡守人也有可能迷路或遭遇危險。大人總是嚴格禁止孩子們擅自踏入森林，不過有一條祕密道路，只要沿著風鈴草與布滿青苔的石板即可抵達湖泊。

我知道的。

反覆閱讀過無數次的信件內容成為了記憶的一部分……成為了構成自己的一部分，融入靈魂當中，無須刻意回想就會湧現心頭。

「當時信誓旦旦地承諾會幫忙保密，現在想來，這件事情應該有得到成年人的默認吧。與其讓孩子們在森林亂跑，不如讓較為年長的孩子將這條前往大樹與湖泊的安全小徑當成祕密傳承下去，暗中派人定期巡邏，或者說，這個正是巡守人的其中一項工作。」

我踩著陷入泥土當中的石板，繼續向前邁步。

小徑周邊的雜草都有修整，當中隱約閃爍著細碎水晶反射的光芒。那是將數種藥草熬煮過後添加彩岩粉末的成品，會散發出動物不喜歡的味道。

我用力眨眼，忍不住再度抬頭。

這裡距離村子不遠，尚未進入森林深處，枝葉縫隙依然能夠窺見翠綠色的天空。那是地球無法見到的奇特顏色。

當我抵達小徑盡頭時，視野豁然開朗。

湖泊澄澈遼闊，水波粼粼反射著陽光。有著四副魚鰭的魚群優游其中。

一名女子披著紫紅色的亞麻披肩，緩步走在湖畔。

她是愛比蓋兒。

我在第一眼就認出來了。

明明不曾見過面，我卻是清楚知道這點。

如同從信內得知的外貌，愛比蓋兒有著深金色的長髮與深藍色的眼眸，此刻穿著純白色的無袖連身裙，亞麻披肩的邊緣有著絢麗刺繡，就像是彩雲。她單手壓著披肩以免被風吹飛，緩步走在湖畔。

回過神來，我已經走到她的身旁。

即使我們距離得如此靠近，近到足以感受到彼此的氣息、體溫與心跳，愛比蓋兒的容貌卻是突兀籠罩著一層曖昧不清的黑影，難以看清細節，唯有髮絲與眼眸尤其顯眼。這份突兀感並未持續太久，隨即被內心幾乎滿溢而出的喜悅掩蓋過去。

我試圖將愛比蓋兒擁入懷中，然而在伸出手的瞬間，指尖忽然碰到金屬般的硬物。我低頭望去，看見右手無名指別著一枚徽章。

縹色、也可以稱為薄青色的宇宙航空院徽章。
我嘗試甩掉那枚徽章，卻沒有辦法，片刻才意識到背面的細針穿過了指腹。
極為鮮豔的殷紅血液從傷口汩汩流出，違反物理原則地往上飄浮，宛如海洋當中的紅色氣泡。
緊接著，視野倏然拉遠，周遭景色變得模糊、曖昧且晃蕩。
我失去了立足之處，慌張揮動手腳卻碰觸不到任何物品，身不由己地持續朝向天空攀升。重力的法則彷彿不再帶有意義。我低頭望著沒有注意到異狀、繼續漫步在湖畔的愛比蓋兒，大聲呼喊她的名字卻發不出聲音，只是無能為力地朝向遼闊的、深刻的天空墜落而去——

★

我猛然睜開眼睛。
掌心殘留著若有似無的柔和觸感，彷彿碰了天空本身。
晦暗不明的狹窄房間很冷。
我急促喘息，心臟跳得很快，片刻才意識到自己不知不覺間坐在床鋪。總覺得剛才夢到了阿米卡星，然而如同以往，沒有任何證據。夢境的細節與殘留在身體的懸浮感隨著每次呼吸迅速消退，由某種倦怠的沉重感取而代之，即使彎曲手指也顯得費力。

我伸手在床邊的矮桌胡亂摸索，摸空幾次才拿起手機。現在是深夜兩點。藍光照得眼睛微微刺痛。我瞥了眼倒映出陰影的簾幕就縮起身子，再度閉起眼，努力回想方才的夢境。

阿米卡星在各方面都與地球相仿，同樣有著雨林、沙漠、山地與海洋等等迥然相異的地理環境。

愛比蓋兒則是居住在一個被森林環繞的偏遠村落。

那座村子的居民信奉著先祖歷代傳承的理念，倚賴著森林而生，倚賴著森林而活，最終也將葬在森林，過著近乎與世隔絕、自給自足的生活。隨著時代演進，某些村民跋山涉水地前往鄰鎮的市集，販售農作物與手編織物，然而某些較為年長的村民堅守祖訓，一生都不曾踏出森林邊界。

城鎮周邊存在著其他幾個類似村落，有著獨自的染色、編織技術，因此許多商家與旅人不遠千里也會前往市集採購。

愛比蓋兒提過那是百看不厭的美好景象。

翠綠晴朗的天空、帶著染料氣味的和煦微風、有如波浪般搖曳的旗幟與布疋、五彩鮮豔的服裝、談笑交談的人們、趴在巷弄陰影處打盹的小動物以及商販熱情攬客的叫賣聲響。

國中時，我曾經依照信件內容嘗試畫出愛比蓋兒居住的村落地圖。塗鴉似地畫滿了好幾頁的筆記本，拉出線條寫著地名、名稱與註解，不過冷靜下來後意識到缺乏太多資訊，變成了純屬虛構的空想就放棄了。

我忽然想要親眼確認當時的自己究竟畫了什麼、寫了什麼，離開床鋪，拉開衣櫃抽屜將裡面數百封信件與兒時玩具拿到地板，尋找著筆記本。

深夜時分，我不想發出太大的聲響，放緩動作地尋找。

我在離家時就沒有回去的念頭，將重要物品都一併帶到高中宿舍，接著又帶來現在的租屋處，至於最重要的那項則是隨身攜帶。

一想到此，我伸手碰觸胸前的隨身碟項鍊。

這是千芳學姊在國三生日送給我的禮物，特別訂製的，以銀色金屬底層與交錯的深藍色鐵絲扣住隨身碟。裡面存放著過去二十年來的每一封信。這是少數足以證明這份戀情確實存在的證據。

數十分鐘後，我找完房間內所有紙箱和資料夾，卻是一無所獲。

「扔掉了嗎？但是我應該寧願收著啊……」

我沮喪地坐在書桌角落，下意識地拿起交流隊的靛藍色手冊。

過去幾天已經讀過無數次，幾乎可以將內容默背出來，不過只要有空間就會再次翻閱。其中幾頁畫著珀爾典太空站的詳細結構圖。留白處寫滿了英文註解，註解旁邊又有更多的相關解釋與圖解。

即使站在外行人的觀點也看得出來極為簡陋。

畢竟將材料運至兩光年之外的宙域本身就是艱鉅的任務，再加上全部倚靠機器人組裝、搭建，與其說是太空站，不如說是「一個飄浮在宇宙的方形金屬房間」更加貼切。

後面是關於依尼緹姆聯合太空站的內容。不同於充滿註解的珀爾典太空站，兩側留白沒有任何附註，聯合太空站本身更是只有文字敘述，連結構示意圖都沒有，令人不禁懷疑歷經重重困難、跨越五十光年的百名隊員是否有辦法在此度過餘生。

話雖如此，數百年前人類首次前往宇宙的時候，基地加上火箭本身的電腦處理系統甚至比不上現在人手一支的智慧型手機，或許在數百年後的未來……在星際間旅行被視為理所當然的未來，人們得知第一座星際太空站的詳細建造過程時也會感到詫異不已吧。

我闔起手冊，深深吐出一口氣。

自從第一本阿米卡官方語辭典的出版已經過了近百年，外星領域的學生都將此做為必修的第二外語，卻從未有人實際擁有與阿米卡星人面對面交談的經驗。

我們知道阿米卡星的文字，並且透過文字知道他們的歷史、文化與其他知識。儘管如此，我們從來不曾知曉那個字母究竟該如何發音；那段透過星際間通訊設備收到的文字是否有更深一層的涵義；被廣泛翻譯的專有名詞是否正確。

這是宇宙規模的歷史性事件，倘若到時候在依尼緹姆聯合太空站時必須倚靠比手畫腳、猜想臆測和筆談進行交流也未免過於滑稽了。

我有資格參加交流隊全仰賴瀧本教授的強烈推薦。專攻的圖雅語是少數民族語言，其他所學的語言也是以愛比蓋兒生活的周邊區域為主，純論阿米卡官方語和英文只有平均以上的程度，難以稱為熟練。

只要選擇放棄，想必會有其他的語言專家立即補上空缺吧。

我模仿瀧本教授的習慣，在房間繞圈走動。

——參加交流隊的理由是什麼？

將問題精簡至一句話，仍然無法理清紊亂的思緒。

不同於千芳學姊有著幸福美滿的家庭，我與雙親的關係疏遠。從有記憶以來雙親就忙於工作，鮮少回家，因此承蒙叔叔、阿姨的好意，國小有段時間經常到千芳家裡打擾，一同吃晚餐、寫作業。

我升上高中就搬入學校宿舍，幾乎與雙親斷絕關係，然而並未對此抱持太過強烈的情緒。這是自然出現的結果，我們像是有著血緣關係的陌生人，互不干涉地各自過著生活。

即使我決定參加交流隊，他們肯定也覺得無所謂吧。

明明應該做出決定，腦海某處卻又開始回想那本沒有找到的塗鴉地圖。

「究竟收到哪裡了？」

腦袋亂糟糟的，斷斷續續浮現許多關於愛比蓋兒與千芳學姊的回憶。有時候甚至必須停止走動，認真分辨自己究竟在想什麼。

直到累了，我才坐下打開電腦。

信箱依然沒有收到愛比蓋兒的回信。

主機發出的嗡嗡聲響在寒冷房內迴盪不散。

隨手將胡亂擺放在桌面的書籍和文件堆疊整齊，又將袖子垂落地板的外套扔進衣櫥。公寓某處偶爾會傳來熱漲冷縮的迸裂聲。很微弱，然而在萬籟俱寂的深夜聽得很清楚。

接著，我突然在衣櫃找到一件黑色大衣，腰際有著大鈕釦的深色繫帶，皺眉思索許久也想不起來是何時買的，直到比對尺寸才意識到這件是千芳學姊的衣服。

「她什麼時候忘記帶回去的？還是從去年就忘在這裡了……」

我們依然尚未向彼此提出邀約。

這是持續最久的一次冷戰。

即使經常待在研究室，我們卻不會談論工作以外的話題。

前幾天，千芳學姊主動向瀧本教授請了事假，說要外出旅行。和好因此受到物理性的阻礙，更加遙遙無期。從天數判斷應該是國內旅行，不過考慮到曾經心血來潮就買機票飛去德國的前例，也無法排除她現在待在其他國家的可能性。

我小心翼翼地撫平皺褶，將那件大衣重新掛入衣櫃。

這個時候，倦意忽然湧現。我遲來意識到現在是快要破曉的深夜，聽著電腦主機低沉的運轉聲響坐到床鋪，極為緩慢地側身躺下，轉身面對看不到螢幕與窗戶的那一邊，不多時就枕著手臂沉沉睡去……

★

自從正式公開交流隊的消息，宇宙熱潮再度席捲了全世界。

大眾的關注隨著時間經過不減反增，各家媒體對這項前所未見的計畫做出專題報導，雜誌持續推出特刊，詳盡介紹任務內容、航途風險與目前公布的五十位隊員資料。

前些日子竣工的珀爾典太空站似乎已經被世間遺忘。

刻意忽略人類現今科技極限距離的兩光年，熱烈討論著五十光年外、連確切建造場所都不曉得的依尼緹姆聯合太空站以及位於一百光年外的阿米卡星。

我抬頭凝視百貨公司外牆的電視牆，聽著身邊人群的討論。

即使地球與阿米卡星交流將近一百年了，關係越來越緊密，學習阿米卡官方語的人口也逐年上升，大多數人卻從未真正瞭解這件事情所代表的意義。

旁邊幾位高中生似乎認為交流隊會直接航至阿米卡星，認真辯論著何時才會看到現場轉播；一名上班族男子眉頭深鎖地凝視螢幕，似乎想要看清楚新聞圖片的細節；一對挽著手的情侶認為那些都是假消息，男方大肆抱怨著就是這樣才會出現越來越多的外星詐騙案件。

「如果千芳學姊見到這些報導，肯定會不屑咂嘴吧……」

我喃喃自語。

對於是否參加交流隊，我依然尚未給出回覆。

出發時間並未公開，不過考慮到事前受訓，時程應該頗為緊迫了。對此，瀧本教授沒有催促，如同往常地甚至沒有再主動提起這件事情。

電視牆當中的幾位專家正在討論交流隊的安全性，爭論不休。

呼出的白霧迅速飄散。今天同樣很冷。帶著疏離感的冷風持續掠過腳踝、手腕，周遭話語宛若隔著一層厚重水體，顯得模糊不清。

我偏開視線，背對電視牆走向大學。

鬧區的街道人潮擁擠，不曉得是否錯覺，擦身而過的瞬間可以聽到許多關於外星的話題。交流隊、壯舉、依尼緹姆聯合太空站、歷史性的一刻、阿米卡星等等特定詞彙清晰傳入耳中。

我尚未走到校門就看見好幾名記者零散待在附近外牆的圍籬，或坐或站，急忙移動到對向街道，加快腳步低頭經過。

最近這段時間，校方徹底謝絕所有的採訪要求，各家記者卻是亟欲希望向瀧本教授詢問對於交流隊的看法，不死心地守在校門蹲點。梁記者不曉得從哪裡得到我的手機號碼，打了好幾通電話。我在第一通以後就都沒有接了。

「至少那些記者沒有直接闖進校園，這是值得慶幸的部分吧。」

我從後門進入大學，繞了不少路才抵達位於校園角落的紅磚老屋。當我抵達研究室的時候，只見一身白袍的瀧本教授站在咖啡機旁邊。

「來得正好，要喝一杯嗎？」

「麻煩教授了。」

我急忙放妥背包，快步迎上前。

瀧本教授凝視著逐漸注滿咖啡的馬克杯，隨口詢問：

「千芳的旅行還愉快嗎？」

我根本不曉得千芳學姊身在何處，不過還是回答說：「前天她將大頭貼換成海浪打上沙灘的照片，應該去了一個可以看見海的地方。」

千芳學姊有社交網站的帳號，卻沒有在經營。只有在旅行時會上傳幾張沒有任何文字的照片，像是機場空無一人的座位區域、鮮豔翠綠的遼闊草坪、車站月臺的指示牌、在樹蔭乘涼的野貓、被截掉大半又沒有對焦的料理。

通常都不會拍到人，不過這次有一張商店櫥窗的照片，從反射可以看見她連行李箱都沒有帶，斜背著扁扁的帆布背包。光線正好遮住了臉，無法看見拍照時候的表情。

「那樣就好。她在旅行途中依然堅持要工作，遵守著稿件繳交期限的排程，希望至少要玩得愉快。」

「千芳學姊只要決定了就很難勸阻。」

瀧本教授深有同感地頷首。

「海邊是一個好選擇，遼闊、蔚藍且適合舒緩情緒。我的老家正好鄰近海，打開房間窗戶就是海洋，每晚都會聽見浪潮聲響。那個時候，只要遇到煩心事就會去沙灘走走。」

「教授的家鄉是日本長崎吧。」

「是呀，高中前從未離開過日本，在因緣際會之下前來這座城市就讀大學，回過神來就已經就待到現在了。某些記憶已經變得模糊，不過依然記得那裡的海很美。」

瀧本教授停頓片刻，冷不防地詢問：

「你和千芳尚未和好嗎？」

「這、這個……算是吧。」我苦笑著說：「抱歉了，這段時間讓研究室的氣氛變得頗為尷尬。」

「不用介意，這樣也是青春。」

「千芳學姊和我都已經二十後半了。」

「那麼在我看來，你們兩位都還非常年輕。」

瀧本教授輕笑幾聲，端著馬克杯走回辦公室。

我也跟著返回自己的座位，低頭凝視桌面許久，忍不住首次在研究室打開私人信箱。話雖如此，在眾多信件當中並沒有看見宇宙航空院通信局的信件。

依然沒有愛比蓋兒的回信。

我用力咬住嘴唇。

最後一次收到她的信件已經是二十三天前了。

即使是祈雪祭後的諾尼雅德也約是兩週。信件交流間隔這麼久的時間，這是過去不曾發生過的事情。

最後一封信的內容提及村子的氣候稍微回暖，鄰鎮也開始籌備舉辦一年一度的慶典。那是感謝森林母親孕育萬物的盛大祭典，也有著祈求果物豐收的涵義。由於幾乎每年會提起這個話題，沒有贅述細節，信件中後段則是在寫著最近讀到的一本關於地球金字塔的書籍。

重複看過數百次的內容中沒有任何停止通信的線索或跡象。

如果是現實生活過於繁忙或星際間通訊設備出現錯誤，那樣還沒有關係，倘若發生了什麼意外……一想到此，對於自己無能為力的處境感到萬分焦躁。

片刻，我才注意到瀧本教授在喊自己，急忙回神，起身走進辦公室。

「請問有什麼事情嗎？」

「交流隊的事情，不曉得是否做出決定了？」

「非常抱歉，我還在考慮。」

瀧本教授點點頭，沒有繼續這個話題，轉而問：「予謙，你曾經對於現在感到後悔嗎？」

「沒有。」

「真是果斷，那麼對於過去呢？」

「過去嗎？」我反問，片刻才不太確定地說：「應該……沒有吧？」

「對於未來呢？」

「未來的事情尚未發生，無從討論後悔與否。」

瀧本教授勾起嘴角，伸手拿起一本放在桌邊的樣書。

那是預計下個月出版的編年史小說第一集，根據阿米卡星數百年前的實際國家與歷史改編而成，在那邊是銷量超過兩千萬本的暢銷作品，內文詞藻華麗並且運用了大量譬喻、諺語與典故，頻繁穿插不同角色的回憶場景，又有許多需要註解的真實事件，讓我和千芳學姊查資料查到心神俱疲，榮登心目中「目前為止最難翻譯的作品榜首」。

「外星領域是一門建立在許多假設、推測與未確定情報的學問，我們負責翻譯的語言奠定了基礎，卻也很有可能衍生了許多錯誤。」

瀧本教授凝視著樣書封面，嗓音嘶啞。

「錯誤嗎？」我問。

「阿米卡星持續向著地球傳送無法計量的龐大文字，然而我依然無法肯定自己真的理解。他們所言的藍色真的就是我們看見的藍色嗎？星球自轉一圈的時間可以透過各種實際數據進行推算，然而單位尺寸沒有錯誤嗎？語句當中沒有誤解的部分嗎？其他做為根據的資料沒有翻錯嗎？」

我不禁想起那個誤會。

通信交流了超過二十年，愛比蓋兒卻從未意識到麵包是不同於米飯、麵條的主食，每當我提到的時候都會想像出米飯的模樣……

瀧本教授將樣書放回桌面，深深嘆息。

「至今為止，我們花費將近百年累積的成果很有可能在一瞬間崩壞殆盡，或者說，在一瞬間失去意義。文字可以傳達出許多意思，然而『只有文字』是不夠的。」

我知道的，地球與阿米卡星的交流有著諸多障礙。

當時出現了凱爾・勞伯頓・薩爾亞斯這名偉大的物理天才，發表人工蟲洞的理論並且製作出星際間通訊儀器，令兩顆星球不至於陷入「空白的兩百年」。

其後又出現了瀧本誠十郎這名偉大的語言天才，獨自編纂出正確度極高的官方語辭典，並且破譯出數種被廣泛使用的外星語言，令地球人與阿米卡星人得以進行深入的文字交流。

現今兩顆星球的交流再度陷入瓶頸。

第三個奇蹟遲遲沒有出現。

倘若派出交流隊，航向五十光年以外的宙域很有可能得到嶄新突破。

瀧本教授抬頭看著掛在牆面的珀爾典太空站照片。他的眼神看起來像是在眺望著某種珍貴縹緲的事物。

「只有文字是不夠的。」瀧本教授再度重複：「予謙，你覺得呢？」

我沒有回答。

我不曉得該如何回答才是正確的。

瀧本教授似乎也沒有冀望答案，緩緩地向前伸出手，隔空碰觸著那張照片。

「話雖如此，我們很快就會知曉至今為止的努力是否具有意義。」

「……因為交流隊會在依尼緹姆聯合太空站面對面地見到阿米卡星人嗎？」

「最短五十年的時間難以稱為『很快』，不過這樣也是一個辦法。屆時，只要使用星際間通訊設備將過程與結果傳回地球，許多疑惑都可以得到解釋，然而受限於阿米卡星一方的交流隊隊員，情況或許與現在不會有太大差異。」

我猜不透瀧本教授真正想要傳達的意思，保持沉默。

「你知道『光年』是什麼嗎？」

「那是光在真空狀態下傳播一年的距離。光速也是地球現今科技在『電波傳遞』與『宇宙航行』兩個領域的極限。」

「你的思緒很敏銳，總是能夠察覺到問題的核心。是的，這是我們兩顆星球的極限，如果沒有星際間通訊設備，從地球發出的訊息，使用光速前進也需要花費一百年才會抵達阿米卡星，反之亦然，因此實際的交流停滯不前。」

「所以才會有交流隊與聯合太空站的計畫吧？」

「距離地球首次收到阿米卡星的訊息已經過了一百年。」

瀧本教授的語氣平淡。

我花費好幾秒才理解這句話的意思，戰慄從內心湧現，在眨眼間就傳遍全身。

「來自阿米卡星的無數貨物在接下來的一百年會陸續送達地球……嚴密地說會先由月面基地進行攔截，經過檢查再送至地球。畢竟跨越了一百光年的距離，如果有著足以承受宇宙極端環境的病毒、細菌或微生物就不好了。」

瀧本教授的語氣平靜，不過雙眼閃爍著難以遏止的興奮光彩。

「接下來，兩顆星球的交流即將邁入全新階段。不再僅限於文字，我們可以透過圖檔、音訊、影像，各方面地瞭解阿米卡星的一切，甚至親手碰觸他們製作的宇宙船與放在內部的各種物品。現在就是歷史的里程碑。」

「是的。」

我渲染到那份興奮，同樣捏緊手指。

「這點也是原本受到諸多反對的交流隊順利成行的主要原因。在航向阿米卡星的途中，交流隊隊員肩負著設置小型信號站的任務，讓地球太空總署有辦法事前把握阿米卡星的無人宇宙船數量、噸位與航向，日後解析完程式也會進行引導，提高順利抵達的機率。」

「原來如此，所以太空總署與宇宙航空院的立場才會傾向贊成。」

「目前估計超過六成的無人宇宙船無法順利抵達地球。那些極為珍貴的資料會半永恆地飄流在太陽系某處，倘若意外墜落至人口稠密的都市更會引起重大災害。這項任務有著必要性與急迫性。」

「不是會先由月面基地進行攔截嗎？」

「人力不足，沒有辦法二十四小時守著，而且月球會繞著地球轉動呀。」

我遲來地意識到剛才的發言相當愚蠢，汗顏地垂落視線。

瀧本教授繼續凝視著珀爾典太空站的照片，許久之後才打開抽屜，珍而重之地取出一個金屬盒，小心翼翼地打開。盒中放著做為緩衝的淡紫色襯墊，中央則是一張簡單護貝的照片。很顯然是複製品，相較於精緻外盒更是不搭調。

「這是一位阿米卡星女子的照片。」

瀧本教授用著對待易碎品的方式輕撫過照片，沙啞嗓音當中帶著持續累積數十年的深切情緒。

我再度受到震懾，屏住氣息地注視。

阿米卡星人的五官與地球人沒有太大差異，天空藍的眼眸看起來很溫柔，淡金色長髮柔順披落肩膀。那名女子對著鏡頭露出有些害羞的笑容。

「原來這個就是阿米卡星人的模樣……」

「這是機密資料，原本不能給其他人看的。要幫忙保密呀。」

瀧本教授豎起食指放在嘴邊。

我僵硬點頭，視線依然久久無法移開那張照片。

★

這陣子，我辭掉了所有打工，再加上瀧本教授忙於翻譯從阿米卡星寄來的無數實體文件，徹底推掉其他學者與學校的請託，工作量大幅減少。

空閒時間突然多到不曉得該如何運用。

世間陷入更加猛烈的宇宙狂熱當中，我卻出乎意料地無事可做。

平日午後的公園很安靜。樹影搖曳，久違的冬日從枝葉縫隙傾瀉，照得泥土地面閃閃發亮。寒意凌亂散落在四周，似乎隨時都有可能消失。

我坐在長椅一端，半發呆地抬頭凝視。

天空晴朗、澄澈且遼闊。

湛藍持續朝向很遠、很遠的上方延伸，彷彿只要伸手就可碰觸到宇宙本身，不過我知道那個只是錯覺。

小時候曾經為了這件事情，央求父親帶著我到小鎮最高那棟建築物的瞭望臺；高中的時候，並非登山社的我為此苦練了好幾個月，與社員們一同爬到海拔標高三千多公尺的山頂；現在則是坐在城市一隅的公園。

無論何時，我都持續仰望著天空，卻從來不曾真正碰觸到宇宙。

在幾乎放棄的時候，機會突然出現在眼前。

只要伸出手就可以了。

儘管如此，我依然尚未決定是否要參加交流隊。

有種全世界都因為自己的遲疑不決而停滯的感覺，不過這個感覺也來到盡頭了。瀧本教授表示必須在今天給出回覆。

參加朝向阿米卡星航行五十光年的交流隊，抑或是放棄這個機會。今後想必有第二梯、第三梯的交流隊陸續出發，然而我知道如果現在拒絕，今後就再也不會參加了。

千芳學姊的旅行會在明天結束。時機之巧合，不禁懷疑她早就從教授口中探聽到最後期限，刻意拖延著，在那之前保持音訊全無的狀態。

「不用懷疑，肯定就是這樣吧。完全不打算干涉我的決定嗎……」

我仰望著枝葉間的閃爍陽光，低聲嘆息。

千芳學姊的看法總是一針見血，我的內心某處期望著可以在依尼緹姆聯合太空站見到愛比蓋兒，面對面地交談、手牽手地碰觸肌膚，讓這份關係不再只限於文字才會寄出那封信。

那是從很早以前就時常縈繞心頭的想法，也屢次出現在夢境。

如果愛比蓋兒沒有參加阿米卡星的交流隊，我們的關係並不會有任何改變。依然會持續信件交流，最多就是書寫的內容從大學、打工的日常變成宇宙船內的生活。

這麼想來，我在地球唯一有所牽掛的友人正是千芳學姊。

「友人啊。」

我喃喃重複著這個詞彙，無法明確定義這份關係讓胸口塞滿某種空蕩蕩的情緒，矛盾且紛亂，然而幾番思索又想不到其他更適合的詞彙。即使在日文、英文、阿米卡官方語與圖雅語當中同樣沒有。

當我拿起手機想要確認時間，桌布的那張照片再度映入眼簾。

不曉得姓名、也不曉得身分的阿米卡星女子對著鏡頭露出微笑。由於是不可外流的機密資料，我拜託了好幾次才讓瀧本教授不小心將胸前鋼筆掉到地板，趁著他彎腰撿起的空檔拍了這張照片。

過去幾天，地球太空總署公布了這件消息與幾項來自阿米卡星的物品。

無人宇宙船的外觀、裝載資料的金屬箱、刻有聯邦宇宙總部徽章的金屬板、數種外星昆蟲與小型外星爬蟲類的標本，並且公開了五男五女、共十名阿米卡星人的照片。

那十張照片當中並沒有現在捧在掌心的這張。

我握緊手機外殼，力道大到有些擔心螢幕是否會出現龜裂。

這個時候，不遠處傳來聲響。

一對母女手牽著手踏入公園，正是便利商店的店長和她的獨生女小亞。店長同樣很快看見坐在長椅的我，露出訝異神情，半蹲著身子向小亞交代幾句再從包包取出跳繩交給她，隨即快步走來。

「店長，午安。」

我瞥了一眼迫不及待跑向沙坑的小亞，起身打招呼。

「既然有時間坐在公園放空就來上班啦。店裡快要忙不過來了，最近應徵的幾位新人根本派不上用場，不管教幾次還是一直出錯，依照往常經驗，很快就會辭職了。」

店長將包包放到長椅一端，尚未坐下就劈頭發起大量牢騷。

我陪著苦笑，看著在沙坑旁邊練習跳繩的小亞。

印象中，她是一位矮小膽怯的女孩。以前過來便利商店的時候都低著頭打招呼，完全不肯對上眼，總會乖乖待在員工休息室寫作業，現在卻長高許多，看起來落落大方。

「為什麼小亞不用上學？」我好不容易找到插話的空檔，這麼問。

「現在是寒假呀。下學期的運動會有集體跳繩的比賽，吵著要來練習。」店長聳肩說。

這個時候，我遲來地意識到時序的轉變。

「所以沃爾萊特再半年就要畢業，店裡快要沒有認識的人了。」

「他已經辭職了。」

「咦？這麼快？」

「簡直都要懷疑你們是同時約好那麼做的，現在根本不放心把店交給那些新人，早知道就先把你提拔成副店長了。」店長問：「如何？現在還不遲。」

我苦笑著婉拒，姑且澄清「沒有那回事喔」。

「當然知道啦。」

店長沒好氣地左右揮著手。

「他說要專心準備建築師執照的考試，也去應徵了幾間事務所。辭職之前的那段時間，女朋友也經常在下班前過來店裡，陪著一起回家。年輕真好啊，恩恩愛愛的。」

「原來他決定留在這座城市。」

我突然覺得鬆了一口氣，過了好幾秒才意識到這是因為沃爾萊特和那位女朋友順利和好了。接下來好一段時間，我繼續聽著店長發牢騷，直到找到空檔才開口問：

「店長，請問妳相信所謂的靈魂伴侶嗎？」

「難道你迷上什麼奇怪的宗教了？」

「沒有啦，只是隨口問問。」

店長露出難以釋懷的表情，卻還是果斷給出回答。

「不相信。」

「能夠請教理由嗎？」

「因為我沒有遇到吧。」

「確實是一個無法反駁的好理由。」
這個時候，店長突然拿起手機，滑了幾下就皺眉低罵。
「那幾個新人又闖禍了，我現在得過去店裡一趟。不好意思，麻煩幫忙看著小亞，一個小時左右就會回來。」
「咦？我嗎？」
「接下來有事情嗎？」
「倒是沒有啦……」
「那麼就拜託了，我會盡快解決。」
店長乾脆結束話題，快步走到小亞身旁說明情況，接著就頭也不回地離開公園。
小亞有些不知所措地單手抓著跳繩，幾秒後噠噠噠地跑過來長椅。
「妳可以繼續練習，我就在這邊看著。」
「嗯嗯，沒關係。」
小亞坐到長椅的另外一邊。碰不到地的雙腳前後踢呀踢的。
嗯……對於年紀相差將近二十歲的孩子，完全想不到該聊什麼才好。
「叔叔是研究外星人的專家吧。媽媽講過。」
考慮到店長和我沒差幾歲，被喊「叔叔」也在情理當中，不過記得小亞對著沃爾萊特就是喊「哥哥」。這個反差令人在意。

我努力保持笑容，接續話題。

「嚴格講起來是研究外星人的語言。妳對阿米卡星有興趣嗎？」

「星期五第七節是語言選修，會有專門的老師過來。我選了阿米卡官方語。」

我不禁想起自己國小時候根本沒有這方面的課程，經常在千芳學姊的陪伴之下前往市立圖書館查閱資料，又或是拿著厚重的官方語辭典，一個字、一個字地慢慢查閱，不禁感受到了時代的變化。

「一週一堂課的話，應該很難學會吧？」

「老師讓我們直接記住常用詞彙。」

「那樣也是一個方法。等到日後正式學習，進展會比較快。」

「寒假前，學校有舉辦活動，可以寫信給外星人。」

我意外地坐挺身子，感嘆著說：「原來現在還會舉辦那個活動，我以前也參加過。」

小亞歪著頭，接著彎腰從包包當中取出平板電腦，滑了幾下就反向遞出。

「我的阿米卡官方語不太好，可以幫忙看看有沒有寫錯的地方嗎？」

「當然沒問題。」

我看著平板電腦螢幕有些拙劣卻努力表達出意思的內文，突然覺得很高興，片刻才打開編輯功能進行更改，同時詢問著小亞，盡可能用她的詞彙翻譯成阿米卡官方語。

小亞稍微挪了挪位置，探頭看著螢幕。

「如果能夠交到阿米卡星的好朋友就好了。」

「嗯嗯。」

小亞點點頭，接著突然問：「那個人是叔叔的女朋友嗎？」

我過了好幾秒才意識到她指的是手機桌布那名阿米卡星女子。

「不是喔。」

「那麼是妻子嗎？」小亞興致勃勃地追問。

「也不是喔。」

小亞低頭思索片刻，逕自做出結論。

「所以就是暗戀對象吧！」

我搖頭苦笑，繼續修改著信件。

小亞坐在長椅上面，一邊前後踢著腳一邊問起各種關於阿米卡星的事情，我也隨口回答。差不多修改完畢的時候，店長正好匆匆回到公園。她單手提著一個裝滿麵包的塑膠袋，向前遞出。

「都是今晚過期的，當作謝禮了。」

我用雙手接過塑膠袋，看著店長認真詢問著小亞「有沒有被這個哥哥欺負」，苦笑著代為回答說「幫忙改了作業」。
「不好意思了。」
店長露出爽朗笑容，拍著胸口保證。
「有什麼困難就來找我吧。除了錢沒有辦法借給你，其他事情都可以商量，如果研究生的工作累了也歡迎隨時回來，直接讓你當副店長。」
「我就先說聲謝謝了。」
「不要迷上奇怪的宗教喔。」
「請不用擔心那點。」
「確實，你看起來有精神不少。」
店長彎腰牽起小亞，並肩走向公園出口。
「拜拜。」小亞搖著手說。
「拜拜，希望妳可以交到阿米卡星的好朋友。」
我同樣揮手道別，看著她們母女倆的背影逐漸遠去。
午後的公園再度恢復寧靜。
遠處隱約傳來人潮與車輛引擎的聲響，不過都被圍繞在四周的林木遮擋。我繼續坐在長椅，發呆看著還要等很久才會轉成黃昏的晴朗天空，接著突然想起剛認識千芳學姊時的往事。

那是我開始寫信給愛比蓋兒更早之前的事情。

雖說居住在同一棟公寓，除了偶爾上下學會見到對方的身影，我們沒有其他交集，在學校擦身而過也不會打招呼，畢竟連話都沒有說過。認識的契機是國小二年級。那天從早上就一直下著雨，當我放學回到公寓，發現一個放在樓梯間角落的紙箱。

裡面有好幾隻小貓。紙箱底部被從庭園流進來的雨水浸溼，看起來隨時會壞掉，裡面鋪著幾件陳舊衣服，卻都被泥土、落葉弄得髒亂不堪。雨勢很大，連走廊都被潑溼了。箱內其他隻小貓已經沒有氣息，只剩下一隻還在努力地發出叫聲。

我不曉得該怎麼辦，只是愣愣站在旁邊，注視著小貓們。不曉得過了多久，千芳學姊……千芳正好經過附近，展現出不像是小孩子的行動力，抱起紙箱，立刻上樓拜託叔叔開車載著我們前往動物醫院。

唯一的那隻小貓勉強保住性命，然而依舊虛弱。獸醫表示情況很不樂觀。

千芳的雙親都要上班，我們也要上學，白天時候沒有任何人在家，而且公寓原本就禁止飼養寵物……有些住戶會偷偷地養，然而千芳學姊的母親對於貓狗會嚴重過敏，至於白天都沒有人在的我家就更困難了。

千芳和我問了許多同學，但是都找不到願意收留小貓的人家。

最後，那隻小貓被送到千芳學姊住在鄉下的祖母照顧——

「那也已經是很久以前的事情了……」

我拿起手機，打開相簿卻找不到那麼久以前的照片，瀏覽著高中、大學時期的千芳，再度想起來那件事情是我將她當作姊姊的契機。或許千芳也是這麼想的吧？

緊接著，我開啟通訊簿，打給瀧本教授。

電話很快就接通了。

「教授，我決定要參加交流隊。」

我說完才對於自己語氣的堅定感到訝異。

瀧本教授沒有立刻回答，另外那端只聽見微弱的電子雜音。逐漸變冷的風吹過公園。在我懷疑是不是講得太小聲的時候，總算聽到回應。

「千芳知道這個決定嗎？」

「我接下來會找時間跟她說清楚。」

「那樣就好。」

瀧本教授沒有深究，簡單交代幾項交流隊的行程日期，乾脆結束通話。

我握緊手機，直到螢幕轉暗才再度抬起頭。

現在身處的這片天空澄澈且湛藍，連接著阿米卡星。即使極為遙遠、縹緲，相隔了一百光年的距離，地球與阿米卡星依然是相連的。

致親愛的愛比蓋兒：

我習慣在深夜寫信，這樣有助於沉澱情緒，偶爾的靈光一閃也能夠更加精準地將思緒化為文字。那是很特別的經驗。有時候白天反覆校潤翻譯稿，無論如何修改都覺得有哪裡不對勁，待到晚上卻無須多想，不經意浮現出最適合的詞彙。

話雖如此，現在必須過著規律生活，禁止熬夜，因此這封信可能有些詞不達意的地方。我在敲打鍵盤時每隔一段時間就會停下，握緊手指又張開，重複好幾次，希望因此舒緩那股異於習慣的違和感。

如果這封信有寫出一如往常的風格就好了。

不曉得妳是否記得，不久前提過便利商店推出的新產品。

幽浮造型的巧克力蛋糕。

原本銷量不佳，停止販售後沒有再推出同系列的新產品，不過珀爾典太空站竣工、維多利亞月面基地週年慶、交流隊的成行以及來自阿米卡星的無數宇宙貨物，這些事情讓地球陷入不亞於「初次接觸」的狂熱。在我看來，甚至有過之而無不及。

便利商店不僅再度販售幽浮巧克力蛋糕，更是同時推出了火箭造型的白巧克力蛋糕、人造衛星造型的檸檬蛋糕，兩款新產品。

這是近期最讓我開心的事情。每次經過便利商店時總會忍不住繞進去，站在冷藏櫃前方猶豫著該要哪一個。若不是需要克制糖分，肯定會一次就要三個吧。

愛比蓋兒，妳的心思敏捷，讀到這裡時應該猜到了。

是的，我決定參加交流隊。

當這封信來到妳的手上，我應該正在宇宙航空院的基地接受訓練。

在百多年前，宇航士是只有極少數人才有辦法成為的職業，需要通過重重訓練與考核，而且在地球全部約五百人的宇航士當中，也有許多人持續接受訓練、準備萬全卻一生都沒有得到飛往宇宙的機會。即使只是想像也不免替他們感到遺憾。

我們則是生活在一個普通人也可以前往宇宙旅行的時代。

地球有著被稱為「月球」的衛星，距離約是三十八萬公里。搭乘最新型號的宇宙船，一天即可抵達。對於宇宙領域一知半解的普通人，只要經過簡短的講習與訓練就能夠獲得這個機會。

在過去幾年，前往月球的輕旅行越來越熱門。每年旅月的遊客將近二十萬，換言之，每天有約五百人來往地球、月球。在不久的未來，或許人數會突破五十萬、一百萬，然後變成理所當然的日常吧。

地球第一次登陸月球是在一九六九年。

只是距今不到數百年的事情，仔細想想真的很不可思議。

登陸月球已經是當時人類史無前例的壯舉，在表面的月壤留下腳印轟動世界，各國歷史課本都收錄著那張腳印的照片。時至今日，我們已經準備脫離太陽系，前往五十光年外的未知宙域，出發的起點就是建立在月球表面的基地。

在一百年後，或許地球與阿米卡星的星際間旅遊也將成為稀鬆平常的事情……一想到此，總是不禁懊悔著為何自己這麼早出生。

儘管如此，如果真的晚了一百年才出生就無法和妳相遇了。

瀧本教授曾經感嘆自己出生的時代，懊悔著無法成為交流隊的一員。當時我沒有細想，現在打著這段文字，稍微體會到那份心境了。

未來充滿過於耀眼眩目的希望、夢想與光明，奇蹟想必也會再次降臨。

我們卻沒有足夠的時間慢慢等待，唯有把握此時此刻。

交流隊正是連接著未來的橋梁。

有機會成為第三個奇蹟，也有機會讓我更靠近遙遠縹緲的目標。

所以我會加入交流隊，接受訓練，搭乘宇宙船前往五十光年外的宙域搭建依尼緹姆聯合太空站。據說十艘宇宙船會以太陽系的八大行星、太陽與月亮為名，現在仍然不曉得自己的實際分組。如果可以搭乘到「月之號」就太好了。

維多利亞月面基地的模型是我的寶物，彷彿因此產生了更多聯繫。

在寄給我的第一封信，愛比蓋兒，妳曾經提過海洋是連接著陸地的天空。

天空則是連接著星球的海洋。

待在地球的我無論何時何地只要抬起頭就可以看見天空，在那天空之上的宇宙遼闊、無垠，連接著妳所生活的阿米卡星。

湛藍的天空與翠綠的天空是相連的。

瀧本教授曾經說過白天看不見星星，不過星星依然待在那個位置，持續閃爍。這點不會改變。我經常抬頭仰望天空，即使距離太過、太過遙遠，遠至無法看見阿米卡星，內心依然知道那個翠綠色的星球確實存在。

我們的這份戀情也確實存在。

這是一趟有去無回的旅程，不過從遠大的角度來看，這是地球人首度離開太陽系的壯舉。在航行五十光年的旅程當中，獲得的情報與數據有機會令各個領域做出前所未有的嶄新突破，意義非凡，無論成功與否都會記載於宇宙史的第一頁。

當然了，這些冠冕堂皇的理由並不是我決定這麼做的契機。

我喜歡宇宙。

喜歡阿米卡星。

喜歡著至今為止從信件當中知悉的事物。

我也喜歡著妳，愛比蓋兒。

從我決定將自己的心意寫成文字、隨信寄出的更早之前就喜歡著妳了。

如果能夠待在更近的場所抬頭仰望，或許會看見某些待在地球時無法看見的事物吧？或許也會看見真正的自己吧？我不禁這麼認為。

僅僅只是祈禱的話，奇蹟並不會降臨。

因此我做出這個決定。

原本就有在持續慢跑，並且利用大學的健身房鍛鍊身體，多虧如此，我的體能測試成績有達到合格標準。那是對於研究生、翻譯與便利商店店員而言不需要的訓練，現在想來，或許我從以前就在心底某處期望著將來有機會前往宇宙吧。

我在信件當中曾經多次提及青梅竹馬的千芳學姊。她無時無刻都陪伴在我的身旁，支持著我的決定，乃是如同家人的存在……甚至比起真正的家人更加親近。她是我非常重視的人。

千芳學姊強烈反對我的決定。

那是理所當然的反應，畢竟這趟旅程有著各種難以預期的凶險。

妳或許也對此有所疑慮吧？

寄出上一封信件的時候有些倉卒，事後重看才發現我並沒有說明清楚。

我承認自己期望著與妳見面，這份原本持續保持平行的星際間戀愛有了交集的機會，想必會是相當美好的事情吧。坦白說，當初得知交流隊的細節時，我感到欣喜若狂，心跳聲劇烈到蓋過瀧本教授說明的聲音。

這份心情與上封信提出的邀約沒有直接關聯。

我會支持妳做出的決定，愛比蓋兒。

無論選擇待在村子，抑或是參加交流隊，我都會支持。

單純因為我認為妳有著參加交流隊的資格才會寫出上一封信。

客觀而言，生長在並非以阿米卡官方語言為母語的地區，在近乎自學的情況之下掌握了這門語言，並且有辦法熟稔使用英文、中文，深入瞭解地球的文化，這是相當難得可貴的。

請不要妄自菲薄，妳確實有著這份資格。

本次也隨信寄出五封推薦信。

瀧本誠十郎是地球享有盛名的學者，專攻阿米卡星的語言領域，此外也有史倫克・德拉賽納等其他四位知名學者的推薦信。對於妳申請加入阿米卡星的交流隊應該會有所幫助。

當然了，倘若他們認為妳沒有資格是不會欣然同意寫下推薦信的。

待在地球的我，能夠做到的事情僅此而已。

誠摯期待著妳的回信與答覆。

妳的戀人予謙敬上

8. 待在地球的最後一日

今天，我很早就醒來了。

窗外天色朦朧，帶著尚未散去的深紫色。

我簡單盥洗，踏出浴室時原本打算披上一件薄外套，想了想還是作罷。最近的氣溫逐漸回暖，偶爾在校園見到許多大學生已經換成夏裝，有時在正午外出甚至會覺得悶熱。

「今天就是待在地球的最後一日……」

將想法化成言語說出口，依然很難湧出現實感。

我站在窗邊，湊著隱約照入的光線，拿起手機登入電子信箱。

由於鄭重表示過不希望公開參加交流隊的消息，我並未像其他隊員那樣成為媒體焦點。因為辭去便利商店、研究生的工作，收到的信件更是數量驟減。

我以混雜著堅持、信仰與畏懼的動作依序檢視，信箱當中依然沒有愛比蓋兒的回信。失去聯繫超過數個月，失落感與擔憂持續累加後反而不再產生波瀾，只是單純希望她平安無事。

這段時間，我頻繁前往宇宙航空院的中心基地。

通過縝密的身體檢查與心理評估，接著是大學課程完全無法比擬的緊湊訓練與測試，其後，順利通過重重考核的隊員將會取得正式資格，在美國哥倫比亞特區的地球太空總署總部集合，搭乘宇宙船前往維多利亞月面基地進行最終階段的調整，隨即朝向未知宙域展開一趟有去無回的星際旅行。

不曉得是幸運或不幸，我順利通過考核，正式成為交流隊的一員。

我抬頭看著不知不覺間變得湛藍的天空，直到聽見敲門聲才轉身，上前開門。

千芳學姊站在門外。她穿著直條紋的淡藍色襯衫、米色窄褲與過膝長靴，肩膀披著一件同樣是米色的西裝外套，短髮像是剛剪完，亂翹的部分用午夜藍的髮夾固定住。大概是畫了淡妝的關係，帥氣當中帶著以往不曾見過的柔和。

我在她旅行回來的當晚就提出邀約。

依照我們心照不宣的默契，千芳學姊沒有拒絕，卻是改約了隔日中午，在大學餐廳簡單吃一頓午餐就當作和好了。儘管如此，千芳學姊的態度依舊像是在生氣也像在隱瞞什麼，同時絕口不再提起交流隊的事情……雖然我也能夠理解這樣的反應，畢竟我沒有做出半分退讓。

那之後，我忙於交流隊的訓練和課程，鮮少到研究室露面。

「學姊早安。」

我率先打招呼。

千芳學姊粗魯地用肩膀擠開我，踏入房間，扠腰環顧一圈後撇嘴表示「真是孤單」。我拉了張椅子，不過見千芳學姊沒有坐下的意思，同樣繼續站著。

「當初承租時也是現在這樣，只有一套桌椅和床鋪。」

「行李呢？」

「已經寄到太空總署的總部了。」

「電腦打算怎麼處理？」

「我會用他們提供的。原本幾臺都留在研究室，沒有鎖密碼，歡迎自由使用。」

千芳學姊不置可否地應了一聲，又問：

「原本堆滿房間的書呢？」

「捐給大學圖書館了。有問過妳要不要先挑幾本，但是已讀沒回。」

「你的藏書都是外星相關的，拿了又有什麼用？平白占空間。」

「多少會用到吧。」

「要找資料的話直接去圖書館不就行了。」

被駁倒的我舉起雙手投降。

「而且我壓根不喜歡外星語言。」千芳學姊淡淡地說：「我喜歡的是你。」

我從很早以前就知道了，不過為了維持至今為止的關係，我總會保持沉默又或是轉開話題。

「如果沒有遇見我，學姊現在會在哪裡、做著什麼樣的工作？」

千芳學姊假裝沒有聽見這句話，瞥了眼掛在椅背的側背包，接著將視線瞥向桌面以細麻繩仔細包紮的數十疊信件。

「所以剩下的私人物品就是這些嗎？」

「希望可以說是『留下』的物品啦。不好意思，麻煩學姊代為保管了。」

「在大學找個空地燒掉嗎？老屋後面應該挺適合的。」

我陪著苦笑幾聲，心裡知道千芳學姊肯定會好好保管著。

「距離我們約好的時間還很早吧？」

「反正你也沒有其他想要陪的人，不是嗎？」

「說是這麼說啦。」

「有跟叔叔、阿姨道別了嗎？」

「發過幾封信件和簡訊，但是沒有收到回覆。最後一次聯絡應該是在我大學畢業的時候吧，也是很久以前的事情了。」

「沒有打電話——」千芳學姊說到一半就抿起嘴，放棄地問：「跟得上訓練內容嗎？」

「我通過考核的分數其實不低喔。以前就有慢跑的習慣，體力方面沒問題，宇航方面的知識和技術也背了不少資料，實際操作就得慢慢累積經驗了。有幾位隊員沒有正式學過阿米卡官方語，他們更累就是了。」

「既然參加了交流隊，沒有辦法當面和阿米卡星人對話也說不過去。」

千芳學姊聳聳肩，重新拉好稍微滑下去的外套。

「我從教授那邊問到你的行程，飛機是凌晨四點的班次，時間剩下不多。」

「說得也是，畢竟是待在地球的最後一日。」

「待在地球的最後一日啊……」

千芳學姊輕聲重複，眼神閃過許多深切的複雜情緒，不過很快就掩飾過去，淡然說：「在出發之前，有件事情希望遵守。」

「遵守」是一個值得深思的用詞。我這麼想著，隨口問：

「什麼事情？」

千芳學姊沒有立刻回答，伸手放在桌面，用指尖輕碰著綁住信件的細麻繩，接著又沿著細麻繩與信封邊緣來回撫摸，將指腹壓在尖銳的稜角。

冷空氣、陽光與安靜沉澱在狹窄房間的地板。

我沒有催促，靜靜注視著千芳學姊的側臉，半晌才聽見回答。

「把我當成戀人。今天一整天，不要提起任何關於愛比蓋兒的事情。」

她的嗓音輕柔、平靜且堅定。

我忍住反問的衝動，思索著該如何委婉揀選用詞，不過千芳學姊很快就繼續說下去。

「只要這麼做，我會告訴你為什麼不再收到她的信。」

時間似乎在那個瞬間停滯了。

我不解地思考這句話的涵義，卻幾乎在同一時間就知道這個不是某種暗喻也不是某種策略。千芳學姊真的知道原因。

她不會在這件事情開如此惡劣的玩笑。

千芳學姊同樣望著我，沉默的，不知為何露出彷彿快要哭出來的表情。

於是我乾脆同意。

「我知道了。」

「……那麼開始約會吧。」

千芳學姊為了隱藏表情似地立即轉身，踏出租屋處。

我拿起收著機票、護照的側背包，急忙跟上，接著突然瞥見千芳學姊的左手手腕空蕩蕩的，沒有戴著那只手錶。沒有戴著我送給她當作生日禮物後，就片刻不離身、換過好幾次錶帶與電池的那只粉金色手錶。

★

清晨的氣氛沉靜、安寧。

天空已經破曉，抬頭就能夠看見很漂亮的淡藍色。

街道兩側的店家都尚未營業，人行道比印象中還要寬敞。千芳學姊抬頭挺胸地向前邁步，帶著某種強烈氣勢。長靴踩在人行道的石磚，發出「喀、喀、喀」的輕快聲響。

「有什麼特別想去的地方嗎？」

「還好吧？」

「為什麼是疑問句。」

千芳學姊正好因為交通號誌停在人行道的路緣，不悅地將雙手抱在胸前。

「其實已經趁著受訓的閒暇時間在這座城市到處走走，不過本來就沒有特別留戀的場所，去哪裡都無所謂。過去幾年都是大學、便利商店、租屋處直線來往，最多偶爾去附近的公園坐著發呆。」

我回答說。

「真是浪費時間的興趣，不曉得天空到底有什麼好看的……」

「如果瀧本教授聽到會哭出來吧。」

「又不是所有人都是喜歡宇宙才進入這個領域的。」
這句話講得很輕。千芳學姊抬頭看著轉變的號誌，很快就再度邁步。
「既然沒有特別想去的場所，就交給我決定了。」
「我會期待千芳學姊的品味——」
「千芳。」
「……什麼？」
我疑惑反問。
「我們現在正在約會，你是我的戀人，因此直接喊名字。」
千芳學姊就像是早已準備好了回答，說得有些急。
這樣比起戀人，更像是回到小時候吧？我沒有將這句感想說出口，點頭接受，再度重複了一遍。
「那就期待千芳妳的品味了。」
其後，我們來到那間位於巷弄深處的餐酒館。
店內只有幾組客人，迥異於夜晚時段的熱鬧氣氛，冷冷清清的。設置在各處牆面的電視螢幕沒有打開，反射著店內裝潢與從大門落地玻璃照入的陽光，喇叭正在播放鋼琴與小提琴的輕柔合奏。
「我們是第一次這麼早過來吧。原本一直以為中午過後才開門。」

「德國的餐酒館有不少從上午就開始營業，我上次去的時候就是這樣。」

「這間應該不太算是德式料理啦。」

「差不多啦，店名是德文。」

「為什麼過來這裡？」

「因為這是值得慶祝的事情。」千芳說：「恭喜你通過考核與訓練，正式成為交流隊隊員。」

「……謝謝。」

我嘗試微笑，不過顯然只是露出奇怪的表情。

千芳學姊選了雙人桌，一坐下就拿起硬皮菜單，沒有次序可言地點了感覺兩個人也吃不完的料理。奶油野菇義大義麵、香煎鴨胸、生火腿沙拉、番茄蔬菜湯、蜂蜜薯條、炸海鮮、煙燻鯷魚、豬肋排佐洋芋、起司蘇格蘭蛋。

「——然後再來兩杯紅茶。無糖去冰。」

千芳學姊闔上菜單，用這句話結束點餐。

我聽著服務生流暢複誦餐點，直到他躬身離開才問：

「學姊不喝酒嗎？」

「我是那種每次聚會都要喝酒的印象嗎？」

「算是吧。」

千芳學姊下意識地想要反駁卻想不到實際例子，咬住嘴脣陷入沉默，片刻才低聲坦白：「我想要好好記住今天的每一個細節。」

我沒有想過會是這樣的回答，不禁怔住了。

這個時候，服務生正好端上了冰水，打斷了對話。

杯內的冰塊互相敲擊，發出清脆聲響。

或許是客人不多的緣故，餐點很快就陸續上桌。方才未完的對話因此無疾而終。有著精美紋路的陶瓷碗盤閃閃發亮，炸物則是用帶握把的厚重木盤盛裝，占了不少空間，服務生每次端來新的料理就得將水罐與餐具往側邊稍微挪開。

「太空食品應該很難吃吧？」千芳學姊問。

「味道出乎意料還不錯。」

「逞強什麼？而且你們吃的還不是普通太空食品。」

千芳學姊露出光是想像就感到嫌惡的表情。

「月面基地有辦法利用太陽光栽種植物，你們的宇宙船則是會在一片漆黑的宇宙航行幾十年，人造太陽光的技術尚在研發階段，就是吃些藻類和蟲子吧。」

「姑且還有深海貝類啦——」

我苦笑補充，講到一半卻突然僵住。這間餐酒館的每張桌子邊緣都鑲嵌著一圈黃銅裝飾，在季節交替時總會被凍得很冷，偶爾不經意碰到就會像是觸電般縮手。

千芳學姊了然看著僵住的我，笑著搖搖頭，拿起大木匙開始分裝沙拉，換了一個新話題。

「不久前，我不是請了好幾天的假嗎？」

「啊啊，到海邊玩的那個。」

「什麼海邊？」千芳學姊微微蹙眉，搖頭說：「我回了老家一趟。」

「那麼沙灘的大頭貼又是怎麼一回事？」

我凝視著木盤邊緣逐漸變成半透明的吸油紙，不解地問。

千芳學姊蹙著眉，用著銀叉繞著瓷盤邊緣轉了好幾圈才恍然大悟。

「那張啊！只是單純心血來潮想要換新的大頭貼，隨便從相簿裡面挑了一張，沒有什麼深意，而且我老家又不靠海……你以前也去過，不是嗎？」

千芳學姊的老家位於一個群山環繞的小村莊，牲畜的數量比起居民更多，有些道路甚至沒有鋪設柏油，開車經過時會揚起大片塵土。原本只有祖母一個人居住，千芳學姊升上大學後獨自在這座城市租屋生活，叔叔、阿姨以此做為契機搬出公寓，回到老家。

那位祖母在數年前過世了。

我也有參加葬禮。原本沒有這個預定，畢竟我從未見過那位祖母，然而千芳在大學餐廳接到聯絡的電話時，那副神情實在無法放心地讓她獨自搭車過去。於是我們一起搭了數個小時的火車又轉乘公車，陪著她回到那座自幼生長的小村莊。

現在依然清楚記得公車窗戶帶著很多刮痕，看出去的景色濛濛的，不過依然是鮮豔到懷疑視覺的濃烈綠色，田野與更遠處的高聳群山伴隨著風聲往後流逝。我們像是小時候那樣牽著手，感受彼此的體溫與心跳。

千芳一路上始終垂著頭。沒有哭，只是在強忍什麼似地垂著頭。舉辦葬禮的期間也是如此。

我原本想要當日回去，不過鄉下很早就沒有車次了，承蒙叔叔阿姨的好意住了一晚。

千芳的老家寬敞且陳舊，到處都是修補痕跡，據說從千芳祖母的祖母就住在這裡了。許多沒有在使用的房間堆滿雜物，彷彿時間靜止在那裡。紅瓦屋頂的兩棟相連屋舍之間有著一個小小庭院，半邊鋪著水泥，半邊是栽種各種蔬菜的小菜圃，角落擺放著好幾個裝滿雨水的陶甕。

明明首次前來，光是待在屋內卻可以感受到某種懷念氣息，令人安心。

或許是因為千芳祖母的年紀很大了，又是善終過世，葬禮氣氛並沒有想像中的哀戚，甚至可說是嘈雜。這點讓我感到訝異，因此印象深刻。許多親戚與左鄰右舍陸續前來上香，連走道都站滿了人，寒暄、安慰的聲音此起彼落。

我身為外人，在那樣的場合顯得格格不入，卻又不好獨自待在房間，尷尬地四處走動，一邊朝著不認識的人們點頭致意一邊尋找千芳的身影，最後發現她獨自待在庭院角落，抱著膝蓋直接坐在泥土地。

那時她的頭髮留得有點長，髮尾稍微碰到了肩膀。

千芳注意到腳步聲，轉頭瞥了眼，繼續維持著那個姿勢一動也不動，許久才輕聲說起關於祖母的回憶。

低著頭的緣故，我無法分辨她的表情。我倚靠著灰色的砌石矮牆站在旁邊，聽到許多第一次知道的往事。現在幾乎都忘記了，嘗試回想也只剩下模糊片段，不過記得祖母和叔叔、阿姨一樣都很疼愛千芳，以及那晚的星空很美——

「——你有在聽嗎？」

我猛然回神，迎上千芳學姊的抱怨神情。

「我們正在約會，請專心。」

「我剛剛也是在想妳的事情。」

「……哼。」

千芳學姊的臉頰閃過紅暈，低聲嘟囔著「哄騙女孩子的手法倒是很純熟」。

「為什麼突然想要回去？」我問。

千芳學姊聳聳肩。

「原本有好幾個候補，踏入車站時都尚未決定，在售票口排隊時看著車次的資訊看板，最後買了回老家的車票。大概想要待在一個可以徹底放鬆的安心場所吧？」千芳學姊像是很滿意這個理由似地點點頭，接著斜眼說：「對了，我順便問了如果我決定參加交流隊，他們覺得如何。」

千芳學姊不會那麼做的。

不同於我，她在地球有著重視的家人、親近的朋友以及努力的目標，不會選擇待在宛若監獄的宇宙船度過接下來的人生。

這個話題是要刺探我的反應嗎？

還是要藉由客觀例子說明普通人對於交流隊的看法？

玻璃杯的水珠緩緩滑落，滲出杯墊，暈溼了木質紋路的桌面。我凝視著她令人感到孤單的右手手腕，沒有繼續胡亂猜測，乾脆地問：

「阿姨和叔叔的反應如何？」

「一開始當我在開玩笑，直到冷靜重複了好幾次才理解情況，睽違許久召開了家庭會議。哎呀，從來沒有想過這個年紀還要跪在客廳地板，低頭聆聽雙親的訓話。」

講到後來，千芳學姊忍不住笑出聲音。

我想起國小時候，如果我們在外面玩得滿身是泥，回到公寓就會被要求跪在玄關地板，挨著阿姨的罵，洗完澡之後一個人拿抹布、一個人提水桶，努力打掃乾淨。儘管如此，千芳學姊總是沒有記取教訓，很快又會因為其他事情弄得全身髒兮兮地回家，我也總是受到牽連。

「學姊在開玩笑嗎？」

「我已經說過不會再追著你了。」

千芳學姊的神態平靜，彷彿在陳述事實。她停頓片刻，用指尖順著桌緣來回滑動，又補上一句「我說到做到」。

這個時候，服務生端上鴨胸與豬肋排。我們的對話再度中斷。附餐的竹籃當中斜放著幾片麵包，切口處塗著薄薄一層奶油與香料。

「請搭配鴨胸與橄欖油享用。」

服務生擺手說明。

我笑著回應，轉頭就看見千芳學姊拿起一片麵包。她用手指輕托住邊緣，皺起眉，小口、小口地咬著，即使露出反胃的神情也沒有停下。

動作莊嚴肅穆，彷彿在進行著某種儀式。

我怔然看著千芳學姊，直到她緩緩吃完那片鹹麵包才像是什麼事情都沒有發生似地同樣拿起一片麵包，放上鴨胸。黏稠醬汁混著奶油、香料滲入麵包當中，味道比想像中更鹹。內心有種空蕩蕩的感覺，就像是原本理當存在於那裡的重要之物突然消失了，也像是失去了某種聯繫。

那之後，我們如同往常地繼續用餐。

聊著瀧本教授最新發表的論文；研究室一樓自動販賣機的按鈕壞掉了，不管按哪個都會掉出奶茶；大學附近的麵包店生意慘淡，希望不會倒閉；便利商店似乎要推出第四款宇宙主題的新甜點；最近讀了一本關於海的散文集；不曉得是否該趁著特價購買新的除溼機，畢竟快要到梅雨季了；說是這麼說，這座城市幾乎隨時都在下雨吧。話題平淡瑣碎，如同我們以往待在這間餐酒館的時候。

電視開始播放起籃球比賽。

每隔幾分鐘就會在螢幕側邊看見交流隊最新消息的插播字幕。

千芳學姊沒有怎麼吃，卻是一直夾菜到我的盤子。不時輕碰著我的手，放在手背上面或指尖輕觸。

有如戀人般親暱。

那些時候，我的視線總會瞥向她的右手手腕。晒痕異常白皙地繞了一圈。千芳學姊肯定有注意到，只是沒有開口揭穿。

在她端起玻璃杯要喝完紅茶的時候，我又突然注意到晒痕內側凸出的骨頭附近有一個小小的痣，忍不住看了好幾眼。如同家人相處了這麼多年，我還是首次發現這點。

吃完加點的焦糖布丁，我堅持付帳，接著與千芳學姊並肩踏出店外。

天空晴朗遼闊。幾乎沒有風吹過這條巷弄，有些悶熱。

我取出手機查看時間。

「千芳，我還沒有預訂車票，可以先繞過去車站一趟嗎？這邊到機場需要半天左右，不太想搭計程車。」

「不會遲到的，你就專心約會吧。」

千芳學姊說得極為肯定。語畢，她挽起我的手臂，保持著若即若離的距離朝向巷口邁出腳步。

★

我們搭乘著公車，搖搖晃晃地抵達以前曾經住過的公寓群。

外觀相同的灰色公寓等間隔排列，自成一個半封閉的小社區。墨綠色外牆暗沉斑駁，殘留著雨水滲入的深色痕跡，比起記憶中更加破舊。

我們從有記憶以來就住在這裡，同一棟公寓的不同樓層，上下學、假日外出或丟資源回收垃圾的時候偶爾會看見彼此，卻也僅止於此。知道對方同樣是住戶，但是沒有任何交集，直到小貓的事情才熟識起來。

那之後，千芳開始以姊姊自居，刻意守在公寓大門與教室門口，陪著我上下學，並且在假日找我出去玩。即使我推辭拒絕也持續主動搭話。

「看起來很多戶都搬走了，門窗深鎖，陽臺不是空無一物就是堆滿垃圾。」

千芳學姊感嘆著說。
「畢竟在我們還小的時候就已經是老公寓了。」我同樣抬頭望去。
「你家也搬走了嗎？」
「我不太清楚細節，也有可能只是放著沒有處理。」
千芳學姊微微頷首，接著作勢要從人行道旁的外牆翻入公寓社區。
「等等，可以隨便進去嗎？」我急忙阻止。
「原本就沒有嚴格禁止訪客吧，警衛室常常都空著。上次進來的時候也沒有被攔下來，不如說，連其他住戶都沒見到。」
「上次？」
「在回老家之前順路過來看看。」千芳學姊聳肩說：「而且如果你家還在就依然是住戶，進去裡面也無所謂。」
我向來辯不過千芳學姊，妥協跟著她翻過外牆。
以前我們經常這麼做。不想特地繞到正門，直接翻越比身高更高的外牆就為了節省幾分鐘的時間，卻也因此勾破衣褲、沾上灰塵，挨了阿姨的罵。
牆內籠罩在陰影當中，視野頓時暗了下來。
不同棟公寓之間有一條鋪設著石磚的道路與兩側花圃，連接著位於盡頭的庭院。顯然只有最低限度的打理，花圃雜草蔓生，從中可以看見空罐、菸蒂與揉成團的塑膠袋，也有好幾棵樹木枯死了。
沒有任何葉子的細長樹枝看起來很孤單。
我問，不過千芳學姊假裝沒有聽到這句話，一邊緬懷地左顧右盼一邊往前走。
「為什麼要進來？」
原本以為她要去曾經居住過的樓層，但是並沒有。我們筆直沿著鋪石道路走到盡頭的那棟公寓，拐入樓梯間，踏實且緩慢地一階、一階踩著走到頂樓。我看著那扇掛著生鏽鎖頭的赭紅色鐵門，內心同樣湧現懷念情緒。
千芳學姊併攏雙腿，直接席地坐在階梯，拍了拍旁邊示意著我也這麼做。
這裡是只有我們知道的場所。
只要發生不順心的事情就會坐在這邊，靠著對方肩膀。
不知為何，這樣就會覺得心情舒坦許多。
即使後來我忙於學習阿米卡官方語和打工，幾乎沒有多餘時間，不過只要千芳學姊考試考差了或是和叔叔、阿姨吵架了，我總會在這裡找到她。
我伸手搭住扶手繼續站著，突然感到很懷念。
「這個說起來，當初也是在這棟樓撿到小貓的。」
「你還記得啊！」
千芳學姊驚喜地喊。

「不可能忘記吧。」

「誰叫你平常幾乎不會提起以前的事情。如果我沒有問，連身邊發生的事情也不講。」

「我們不同年級也不同班，提起那些事情也不有趣吧。」

「不是那個問題啦……」

千芳學姊看似還想要說些什麼，不過在最後忍住了，再度拍了拍階梯。

我這次就妥協了，坐到她的旁邊，保持肩膀輕碰的距離。

階梯積了厚厚一層灰塵。不時會有風從鐵門的縫隙吹入，窸窣作響。

「真是懷念，那隻小貓現在肯定過得很幸福吧。」

千芳學姊這麼說，溫柔握住我的手。

我疑惑看向她的側臉。

當時小貓的情況很不樂觀，現在依然清楚記得蜷曲著身子、窩在紙箱角落的虛弱模樣，彷彿隨時會消失。由於找不到願意收養的人家，幾天後就送給千芳住在鄉下的祖母照顧。

儘管如此，前往千芳老家參加葬禮那天，到處都沒有發現養貓的跡象。在儲物間搬取客人用的椅子時也沒有看見貓砂盆、飼料袋或其他用品。

「小貓過得很幸福。」

千芳學姊再度喃喃自語，語氣篤定，帶著不容反駁與質疑……或者說，她發自內心地這麼認為。

我沒有深究，往旁邊倚靠著油漆斑駁的牆壁。風持續從頂樓鐵門的縫隙滲入樓梯間，吹過肩膀、手腕與腳踝，帶著冬末殘存的寒意沿著階梯迅速消失在下方。

接下來好一段時間，我們都沒有開口說話。

我放緩呼吸，用指腹碰觸著堅硬的地板，毫無由來地想起貝倫克·德拉賽納舉辦的那場臨時演講，我們也是像這樣坐在大禮堂的階梯。那個似乎已經是很久、很久以前的事情了。

灰塵當中混雜著細碎砂子，扎扎的，摸起來的觸感很特別，接著，我意識到一旦搭上宇宙船，無論是風的聲音、灰塵的觸感與從屋簷照入的陽光都會成為眷戀不已的珍貴事物。

千芳學姊稍微挪動位置，將半邊身子依偎過來。

原本以為她不小心睡著了，然而偏頭望去，發現她專注凝視著我們十指相扣的手。

許久之後，千芳學姊才鬆開手，站起來拍了拍牛仔褲。

「回去吧。」

結果我依然不曉得為什麼要特地過來這裡，也無法捉摸千芳學姊的用意，卻知道自己會永遠記住這段時間。

那之後，我們從正門離開公寓，搭乘公車回到居住了將近十年的城市。

傍晚時分，公車站牌擠滿了剛結束第八堂課的大學生，人聲嘈雜，甚至有隱約蓋過汽機車聲響的跡象。街道兩側的店家都點亮招牌，那些光芒混入西斜的柔和陽光與路燈當中，在行人之間縈繞。

千芳學姊的步伐明確果決。我被拉著前進，很快就猜到目的地，疑惑著為何偏偏要在約會的最後前往那個場所。

不知不覺間，夕陽西斜的街道充滿了下班、下課的人們，變得熙攘擁擠。緊接著，我突然意識到自己和千芳學姊牽著手，不同於方才待在公寓樓梯間的獨處，人潮絡繹不絕的鬧區反而讓人萬般害羞。話雖如此，我並沒有鬆開手。

我們牽手穿過受到大學生喜愛的平價餐廳、健身房、電子用品店以及大樓外牆持續顯示宇宙主題產品、新聞的電視牆，偶爾會加快腳步超過其他人，大部分的時候都跟著人潮緩緩移動。

途中，我好幾次取出手機確認時間。千芳學姊也注意到這點，但是什麼都沒有說。

十多分鐘後，我們抵達了宇宙航空院的通信局。

在初次接觸不久，地球的國家聯合起來建立了名為「地球太空總署」的新國際組織，並且由各國政府各自設立相關研究機構，「宇宙航空院」就是其中之一，下設通信局、觀光旅遊局、社會局、文化局、生物局、新聞局、發展研究局、工程局等等隸屬機構。

宇宙航空院距離大學約半個小時路程，其他機構也都有在這座城市設立據點。國小、國中的時候，我們經常特地搭車前來通信局，成為大學生卻反而沒有再過來了。畢竟相關手續都已經辨妥，星際間通訊設備的費用直接從銀行帳戶扣款，收發信件也只要登入信箱就行了。

通信局是政府機關，然而只有承辦收發星際間通訊設備的信件業務，基本上都是文書工作。建築物本身也偏離鬧區，融入略顯陳舊的街道當中，被夾在時裝店與便利商店之間，若不是外牆有著機構名稱的鈦金招牌，即使有地址也很難發現。

「為什麼要來這裡？」我問。

「以前就算我不情願，你也會強行拉著我過來吧。」

千芳學姊的語氣當中沒有方才前往小鎮公寓的懷念，而是某種冷淡。

「大多時候都是妳先陪我過來寄信，我再陪妳去吃飯、逛街吧。對於國小、國中的我們而言，這裡已經是熱鬧繁華的大城市了。」

千芳學姊冷哼一聲，加快腳步踏入通信局。

久違地來到這個懷念的場所，我訝異發現內部裝潢幾乎沒有變化。地板是深黑色的大理石，淺綠色櫃檯呈現L型排列，角落的座位區域有好幾個書架，整齊擺放著關於宇宙的書籍雜誌，從封面就可以認出瀧本教授與我們翻譯的作品，也有接受梁記者採訪那個系列的雜誌。

我低頭望著大理石地板，突然想起以前曾經覺得閃閃發亮的漆黑看起來就像是宇宙，凝視許久就會產生彷彿要墜入其中的錯覺。此刻映入視野的地板理當沒有改變，卻不像記憶中那般光可鑑人，反而充滿刮痕，認真注視也只能夠看見模糊的倒影輪廓。

「拿去。」

我聞聲抬頭，下意識地接過千芳學姊遞來的號碼券。

「要做什麼？」

「你有事情想要問吧？但是不肯面對事實，所以這段時間都沒有過來這裡。」

「我打過好幾次電話。」

「但是沒有面對面地詢問吧。」

「那樣又——」我皺眉瞪著千芳學姊，不過尚未說完就選擇退讓。

待在地球的最後一日，我不希望爭執這件小事讓她留下不愉快的回憶。

畢竟今天也是我們即將離別的第一天。

臨近下班時間，扣除我和千芳學姊，通信局大廳只有一位老爺爺。幾乎沒有等待就輪到我了。

「請問有什麼可以替您服務？」

櫃檯小姐微笑詢問。

「不好意思，那個……我希望查詢是否有收到來自阿米卡星的信件。」

「好的，請問您的帳號名稱是什麼？」

我流暢說出帳號、密碼，核對身分，屏氣凝神看著櫃檯小姐敲打鍵盤查詢資料。短短幾秒的時間似乎經過了很久。

在鍵盤聲響停止的瞬間，我才猛然回神。

「請、請問有收到新信件嗎？」

「是的，今早有收到一封新信件。寄件人是愛比蓋兒・馮・雷斯米雅德。」

「……咦？真的嗎？」

驚訝與安心同時湧現，我頓時僵坐當場，緊接著才意識到那份安心源於「愛比蓋兒確實存在」的事實。即使深信不疑，從其他人口中得到證實依然讓我感到如釋重負。

「有一封新信件。」櫃檯小姐再度重複，詢問：「請問需要列印出來嗎？」

「不用了，謝謝。」

千芳學姊從旁插話，側身挽起我的手臂，強行拉著我離開通信局。

外面的街道喧鬧雜亂，而且頗為悶熱。我直到這個時候才意識到通信局內的空調開得很強，幾乎與研究室差不多。

「妳做了什麼？」

我甩開千芳學姊的手，呼吸急促且心臟劇烈跳動。

「只是證明了我知道為什麼愛比蓋兒不再寄信給你。」

千芳學姊冷靜地注視著我。

「那樣並不代表什麼，而且為什麼妳會知道她寄了回信？」

對此，千芳學姊沒有立刻回答，避免阻礙通行地退到了牆邊。我跟了過去，面對面地站在「宇宙航空院通信局」的鈦金招牌旁邊。

「你忘記了嗎？以前在申請帳號的時候擔心出現差錯，因此備用的電子信箱欄位填了我的，只要提出書面申請，愛比蓋兒的信件都會寄出一份備份到我的信箱。」

「從什麼時候開始的？」

「這個問題重要嗎？」

「千芳。」

我喊了她的名字，語氣強烈。

千芳學姊的眼神像是在看著無理取鬧的孩子，突然說：「當我們還是小學生的時候，完全沒有聽過外星詐騙。」

「或許吧。」

「因為星際間通訊設備有一個最大的缺點，予謙，你知道是什麼嗎？」

「不用這樣語帶刺探地詢問，直接說吧。」

「地球的人們難以與阿米卡星的用戶取得聯繫。傳送訊息時使用了人工蟲洞的技術與星際間通訊設備，然而那之後就是普通的信件業務，分發簽約給各個國家的IT企業與網際網路服務提供商，只要稍微懂點程式編輯，就能夠輕易偽造出從阿米卡星寄來的信件，外星詐騙才會越來越猖獗。」千芳學姊緩緩地說。

天色逐漸暗了下來，路燈與霓虹顯得更加亮麗鮮豔。

我抬頭瞥了一眼彷彿隔著一層光暈的夜空，開口詢問：

「所以妳究竟想要說什麼？難道愛比蓋兒其實住在地球嗎？」

「如果我說，我就是愛比蓋兒呢？」

千芳學姊的聲音很輕，眨眼間就被四周傳來的各種聲響蓋過。

我無法理解地皺眉。

「這種時候就不要說笑了。」

「我是認真的。」

「學姊，妳到底想要說什麼？」我又問，真心感到不解。

「……沒什麼。」

千芳學姊淺淺嘆息，繼續邁出腳步。

於是，我們繼續牽著手，繼續走在人聲雜沓的夜晚街道。兩側店家都流瀉出熱鬧、歡愉的氣氛，如果從宇宙低頭望向地球，這些燈光應該也會像星辰一樣璀璨地閃閃發亮吧。

途中突然下起了雨。不需要撐傘的程度，細細小小的。雨水似乎在碰到皮膚的時候就消失了。

「應該很快就會停了。」

千芳學姊這麼說，接著又說想要預支今年的生日禮物，拉著我前往百貨公司。前廣場的門旁屋簷聚集了許多避雨的人，內部則是擁擠不已，光是維持自己的步伐都很困難。在不同樓層逛了許久，最後千芳學姊挑了三個一組的琥珀波浪髮夾，她其實第一眼就看中那個了，卻還是幾經猶豫才下定決心，另外也買了一件準備夏天穿的青灰色立領襯衫。

那之後，我們原本打算直接在美食樓層解決晚餐，不過千芳學姊突然反悔，拉著我回到悶熱喧鬧的街道。她找了幾間餐廳都不滿意，最後我們前往大學的學生餐廳，面對面地坐在塑膠桌椅，用裝有紅茶的紙杯乾杯。

吃完晚餐，我們漫步在深夜的校園。

地面積著或大或小的水窪。漣漪微微蕩動，反射著路燈的光芒。

大學的四年間，千芳學姊參加了系排，每週有四天要留在學校練習。我偶爾會待在圖書館，等到她練完球再一起回家，順路繞到麵包店看看有沒有賣剩的半價混裝麵包，有時候也會站在櫥窗旁邊的人行道，當場分著吃掉。千芳學姊是甜麵包，我則是鹹麵包。

我想著這些回憶，隨口回答千芳學姊提起的話題，牽著手，並肩離開大學，信步走在鬧區街道，最後抵達她租屋的公寓。

「差不多了，還有什麼留戀的場所嗎？」千芳學姊問。

我搖著頭，再度確認了時間。

「都說了不用擔心，現在就過去機場。」

千芳學姊一邊說一邊踏進公寓，沒有搭乘電梯而是走進地下室。

我是首次踏入這裡的地下室，環顧各式車輛與深黑色的水泥梁柱，接著看見千芳學姊站在一輛紅色小車旁邊，理所當然地從口袋取出鑰匙，逕自打開車門。

「學姊什麼時候買車的？」

「感覺之後有需要。」

但是學姊無論前往何處都喜歡靜靜享受窗外風光，不喜歡主動駕駛吧？我沒有將這個疑問說出口，坐到副駕駛座，繫好安全帶。

「所以說了不用擔心吧。」學姊單手撐著方向盤，側臉詢問：「護照和機票有帶在身上吧。」

「當然。」

「那麼就出發了。」

千芳學姊說完，逕自催發油門。

★

車子行駛得比想像中更加平穩。

深夜景色迅速往後流逝，路燈、車燈與遠處建築物的燈光在眼角拖曳出軌跡。

我將椅背稍微往後調，換成一個不會面對冷氣出風口的角度，接著想到自己很少有機會坐在副駕駛座。視野不同尋常，有種奇妙的違和感。

不如說，千芳學姊在開車也是從未想過的事情。

我偏頭看著她的側臉、尾端稍微亂翹的頭髮、肩膀與鎖骨，覺得似乎成了不認識的陌生人。千芳學姊肯定也注意到我的視線，但是沒有給出任何回應，筆直凝視前方，偶爾有機車突然從旁邊切出來的時候就會不悅咂嘴。

我很快就轉回視線，望向前方的擋風玻璃。

車內播放著鋼琴輕音樂，不過音量調得很低，幾乎聽不見。

掛在後視鏡的御守隨著行駛前後搖晃。那是瀧本教授某次前往日本參加研討會之後帶回來給我們的土產，據說是有好幾百年歷史的大神社，相當靈驗。

千芳學姊的是「戀愛成就」，我的則是「旅行安全」。

經常獨自旅行的千芳學姊。

持續寫信給遙遠外星戀人的我。

不管怎麼想都覺得教授給反了，然而遲遲沒有找到合適的時機說明，擅自交換收到的禮物也覺得不太妥當，不知不覺間就這樣配戴著了。現在想來，瀧本教授的眼光確實很準。

「妳還留著這個啊。」

我伸手輕碰著御守邊緣的金色刺繡。

「那是什麼已經丟掉的語氣？居然亂扔教授送的禮物？」

「我也有好好收著啦，不過放在行李箱內層。畢竟隨身攜帶沒有什麼意義。」

「什麼意思？」千芳學姊側臉瞥了一眼。

「御守的期限只有一年啊。」

「咦？等等，御守居然有期限嗎？」

「原本就是寄宿著神明心意的護身符，一年左右，那份力量就會逐漸衰弱，需要拿回去神社焚化。雖然『購買』這個詞彙不夠準確，聽教授提過正式用語是『授予、收下』。」我回想著說。

「居然是這樣嗎……」

「妳不知道嗎？」

千芳學姊的情緒明顯轉低，垮著肩膀，嘟囔幾句「所以才會沒有效果嗎」後，惱羞成怒地罵：「為什麼要講出來！有些事情還是不知道比較幸福啊！」

「麻煩妳看前面啦！」

千芳學姊不悅咂嘴，接下來不時會瞥向掛在後視鏡的御守。

途中，我們停了一次休息站，抵達機場時正好是深夜與清晨的交界。稍微迷路了幾分鐘才順利開進停車場。原本以為千芳學姊會像白天那樣理所當然地牽起手，不過她在下車後都將雙手插在口袋。

機場大廳出乎意料地冷清。

偌大通道與櫃檯空無一人，靠牆的櫃位也都鐵門深鎖。

天花板的鏤空玻璃外面依然漆黑深刻，從這個位置看不到月亮或星星。

「我還以為機場二十四小時都充滿旅人。」

「專飛國際線的大機場或許是那樣吧。這邊深夜到凌晨的時段沒有班機起降，自然也沒有人會這麼早過來，我之前去德國也是搭凌晨起飛的班機，在大廳等了將近一個小時，櫃檯才開始讓旅客報到。」

千芳學姊伸手掩住一個小小的哈欠，搶過機票，對照著電子告示牌確定登機櫃檯的號碼，隨即走向最靠近的長椅翹腳坐下。

我跟著坐到旁邊。

空氣聞起來有種澄澈的氣味。

「這麼說起來，你從來沒有一個人外出遠行吧。」

千芳學姊若有所思地喃喃自語。

確實如此，即使離家就讀高中、大學，千芳學姊也都早一年先行前往，我則是一直追在她的後面。

我點點頭，沒有接續這個話題。

沒有對話的時候就再次切身感受到充滿機場的安靜。有些同樣來得比較早的旅人三三兩兩地聚集在角落的長椅，或是倚靠著行李箱閉目養神，或是把玩著手機，各自消磨時間。

不遠處的便利商店做為大廳少數營業中的明亮光源，相當顯眼。好幾疊早報放在地板，連同擺滿其他貨品的綠色置物箱等著上架。

「頭版肯定是交流隊的新聞吧，要買一份紀念嗎？」千芳學姊偏頭望去。

「買了也無法帶上月面基地。」

「可以拿去美國炫耀呀。」

「我要求過保密身分，直到出發之前都不會公開。」
千芳學姊逕自起身走向便利商店，片刻拿著一份報紙回來。
我道謝接過。別說是頭版，整份報紙超過一半的篇幅都是交流隊、聯合太空站與位於一百光年外的阿米卡星，每位隊員都有附著照片的詳細介紹，遲來地再度意識到自己正身處於重新捲起的宇宙熱潮當中。
「——我仔細看過官方網站的公告。」
千芳學姊注視著還沒有地勤人員的晦暗櫃檯，突然開口這麼說。
我偏頭瞥了一眼，隨手翻閱報紙。
「無論怎麼計算都不可能航行到依尼緹姆聯合太空站，那只是列出來讓媒體炒作、宣傳的口號，最遠至兩光年外的珀爾典太空站就會返航了。」
其實早就料到她會提起這件事情了，我反而訝異於她可以忍耐到現在才提。
「實際出發才會知道結果。」
「地球現今的宇宙航行技術無法來到光速，假設真有辦法達成『超越光速』的偉業好了，人類本身也無法承受如此程度的負重，瞬間就會昏厥，遑論在航行途中進行各種實驗與研究。」
千芳學姊的語氣相當平靜。
「媒體大肆炒作著『五十年後就會建好聯合太空站』，然而那個目標太過不切實際了，花費好幾百年也不可能達成。偏偏學界在這方面一致保持沉默，令網路某些指出事實的言論被視為無稽之談。」

這麼聽來，千芳學姊並不曉得地球太空總署為了設置小型信號站才會支持這項計畫，因而與贊助交流隊的民間組織達成協議吧。

地球太空總署是由各國政府出資成立的組織，一旦所屬的宇航士重傷、死亡都會是國際事件的大問題，無法允諾執行如此危險的任務。相較之下，民間組織發起的計畫就有比較多轉圜空間。

千芳學姊很聰明，想必很快就會自行注意到這點，所以我聳聳肩。

「訓練內容需要保密。」

「不要敷衍了。」

「關於這點，聽說地球太空總署有著許多尚未公開發表的技術，配合從阿米卡星得到的外星知識，可以辦到某些過往視為不可能的工程，依尼緹姆聯合太空站就是其中之一。」

「那些才是毫無根據的陰謀論吧。」

千芳學姊無奈嘆息：

「依我看來，別說航行至珀爾典太空站，很有可能在火星就折返了。」

「或許吧。」

「假設真是那樣，最短也需要四年才能夠來回。大學都已經畢業了。」

「這個例子總覺得並沒有很久呢。」

千芳學姊強忍焦躁地蹙眉，看似想要輕踢著我的小腿，不過在最後關頭忍住了，以冷靜的口吻繼續說：「他們打從一開始就不認為有辦法航行至五十光年以外的宙域，那只是宣傳用的口號，藉此拿到更多經費與捐款，所以才沒有特地招攬阿米卡官方語的專家。你是名單當中唯一的語言專家吧。」

「一百人其實不多，比起語言，其他領域的專業更加重要。」

我微笑回答，不過知道千芳學姊想必已經看出端倪了。

千芳學姊向來不擅長掩飾真心話，不過我也是一樣。在重要的事情上面都沒有辦法瞞過彼此。

「此外，我們在受訓時都有接受阿米卡官方語的課程。」我補充說。

「那樣有什麼意義嗎？我們花了十幾年鑽研，依然不敢宣稱徹底瞭解阿米卡官方語，外行人只花幾週、幾個月就要學會也過於荒誕了，就只是拿來搪塞媒體用的。」

千芳學姊使用了一個不太常見的形容詞。

荒誕。

我反覆思索著這個詞彙，繼續翻閱報紙。紙張的觸感讓情緒逐漸沉澱下來。

「沙、沙、沙」的聲響在耳邊迴盪不散。

緊接著，我突然看見了自己的名字，皺眉反覆閱讀了好幾次才發現那是之前接受梁記者採訪的那篇文章。刊登在雜誌的那篇。末端多了幾行新內容，信誓旦旦地猜測我就是交流隊尚未公開的隊員之一。

「這不是有上報紙嗎？」

千芳學姊擠著肩膀靠過來，含笑讀著報紙內文。

「天賦不遜於瀧本誠十郎的語言天才，擅長數種地球幾乎無人能讀的冷門外星語言，並且翻譯近百本外星著作，正是交流隊最適合的人選。評價真高，可惜沒有附照片。」

「我可沒有同意刊登……」

「太好了，帶著這份報紙過去美國會很受歡迎吧？交流隊裡面都是二、三十歲的年輕隊員，年紀相仿又都是喜歡宇宙的人，應該很談得來。」

「畢竟要考慮到五十年的航行時間。」

千芳學姊的笑意很快就消失，看起來想要反駁「你們不會航行那麼久」，不過在最後關頭忍住了。

「有一位專攻藥理學的女性隊員，她有著藍色的眼眸與柔順金髮，臉蛋很小，連我也覺得很漂亮，被媒體封為交流隊的隊花。除此之外，也有好幾位很有吸引力的隊員。」

「我還沒有認真看過交流隊的隊員名單，期待接下來可以在美國認識他們。」

「我喜歡你，予謙。」

千芳學姊突然這麼說，也像是放棄了拐彎抹角。

語氣輕柔，帶著極端複雜的情緒。

她再度坐挺身子，望向逐漸開始有旅客排隊的登機櫃檯，用力捏緊雙手手指之後往旁邊伸來，不過最後只是放在椅子邊緣，並沒有碰觸到我的手。

「可以詢問理由嗎？」

我想要避免使用過於銳利的詞彙，但是不太成功。

千芳學姊苦澀地勾起嘴角。

「無論何時都願意陪著我的那份溫柔、絲毫不會埋怨發生在身邊的糟糕事情，無論何時總是堅持己見。在國小，你因為要繼續寄信給愛比蓋兒的事情受到很多阻礙，叔叔、阿姨和老師都不支持，甚至在班級被那些無聊的同學們排擠，不過依然堅持下來了。這點讓我覺得很耀眼。」

「耀眼嗎？」

我忍不住反問，從未想過千芳學姊是這樣看待我的。

「若非如此，怎麼可能持續追著你這麼久？」千芳學姊輕聲說：「我喜歡著你的一切，予謙，之前提過的那些話也沒有虛假，我並不在意你繼續與愛比蓋兒通信，我包含著那點深深喜歡著你。」

「我知道。」

「你知道得不夠清楚。」

千芳學姊總算側著臉，凝視著我。

「我從來都沒有奢望要成為第一位。無論如何，陪伴在你身旁的人是我。早上牽著手一起去學校，週末在公寓的中庭散步，待在圖書館準備高中考試，幫忙宿舍的搬家，空堂在大學交誼廳消磨時間，待在凌晨的人行道等你打工下班，為了處理教授吩咐的事情留在老屋熬夜工作。」

深呼吸忍住泣音，千芳學姊繼續說：

「陪伴在你身邊的人都是我，不是愛比蓋兒。這樣就足夠了。」

千芳學姊顫抖著、微笑著這麼說。發自內心地將那些至今為止隱瞞在深處的情緒化成言語，展現在我的面前。

「知道這些之後，你依然打算那麼做嗎？」

我沒有立刻接話，思索著合適詞彙。

緊接著，我意識到這個沉默等同於給出答案了。

千芳學姊用力捏緊手指，沉痛地問：

「到底是為什麼？不要再回答『我有一位深愛的戀人』了，也不要再像上次那樣敷衍過去，告訴我真正的理由。」

「因為妳是我的家人，千芳。」

我直接喊了她的名字。並不是因為在今日做為戀人相處的約定，而是單純想要這麼做、認為應該這麼做。

「唯一一位家人，沒有血緣關係也沒有任何陪伴在我身邊的義務，卻是一直選擇這麼做。我不希望這份關係出現任何變化。」

「這個理由同樣差勁。」

「妳從一開始就根本不在意理由究竟為何吧，以往幾次也從來沒有追問。」

這種事情可以給出無數個理由，然而也不需要理由。

我沒有接受告白……沒有打算選擇千芳學姊。

這樣就是結果了。

千芳學姊自嘲似地發出輕笑，彷彿失去力氣似地往後躺在塑膠椅背。

「即使愛比蓋兒尚未同意參加阿米卡星的交流隊，即使沒辦法在聯合太空站見到她……即使如此也要去嗎？」

「是的。那些是理由之一，卻不是讓我決定要這麼做的理由。」

「即使我說了，我就是愛比蓋兒也執意要去嗎？」

「是的。」

我停頓了好幾秒，無奈苦笑。

「而且千芳妳並不是愛比蓋兒啊。」

千芳學姊欲言又止地抿著嘴，最後什麼都沒說地站起身子。

見狀，我也跟著起身。

「予謙，你總是仰望著天空，一心一意地凝視著那顆不存在視野當中、人類也不可能抵達的翠綠星球，沒有低頭環顧身邊事物。那是深深吸引著我的特質，也是自私且讓人厭惡的特質，我嘗試著要一直陪伴在你的身旁，但是沒有辦法堅持下去，因此我不會再追著你了。」

我沒有回答。

這次分別，或許就永遠無法見面了。

即使太空總署總部與月面基地都可以撥打視訊電話，宇宙船也有星際間通訊設備，然而那是不同的。

伸出的手指只會碰觸到冰冷堅硬的螢幕，感受不到肌膚、體溫與情緒。

一想到此，我突然感到膽怯。

「謝謝。」

千芳學姊痛苦地皺眉，從口袋取出一封淡色信封的信，向前遞出。

信封用端正字跡寫著今天的日期。

「這是回信。」

「……學姊偽裝成愛比蓋兒寫的回信嗎？」我搖頭說：「只要登入電子信箱，立刻會發現兩封信不一樣。」

「無論如何，你都會看的吧。」

千芳學姊將信塞到我的手中，隨即走向登機櫃檯，排在隊伍的最後面。

這個時候，我才猛然意識到身邊到處都是人，身穿制服的地勤、機組員和警衛來來往往，忙著引導旅客、準備登機，方才那份安靜宛如夢境。眾多櫃檯盡頭的牆面有著大型電子螢幕，持續刷新飛往各國的航班時刻表。

內心湧出現實感，我意識到這個地方確實可以前往世界各地。

「走吧。」

登機過程相當順利。由於沒有行李需要托運，確認完護照與機票就完成手續了，順著規劃的路線離開櫃檯，我多走了幾步才意識到千芳學姊停下腳步。

「再過去是安檢，我就送到這裡了。」

「咦？啊啊，不好意思，那個……謝謝載我過來。」

「不用客氣。你從國中就喜歡在背包夾層放著一把拆信刀，現在沒有帶在身上吧？會被沒收的。」

「我有拿出來了。」

「那樣就好。」

「開車回去的時候……注意安全。」

「我會的。」

我突然之間不曉得接下來該說些什麼。

許多旅客陸續從我們的身邊經過，準備排隊進行安檢。行李箱輪子發出「喀啦、喀啦」的聲響，伴隨著中文、英文、日文與其他聽不懂的話語，飄散在極為寬敞的機場。

片刻，我率先打破沉默。

「那麼我去進行登機安檢了，再見。」

「等等。」

我猛然轉頭，隨即看見千芳學姊神情平靜地伸出右手。

「鑰匙拿來，沒有的話怎麼到你房間整理那些信。」

「嗯……確實忘了這件事情。」

我從口袋取出租屋處的鑰匙，才向前遞出一半就被搶過。

千芳學姊將食指穿過幽浮造型的鑰匙圈，順勢轉了兩圈之後用力握緊。那個鑰匙圈是她在高中二年級送給我的生日禮物。

「一路順風，拜拜。」

「嗯……」

我粗魯地應了一聲就轉過身子，大步走向準備安檢的隊伍末端。在排隊途中，我不知為何就是知道千芳學姊依然站在原地，用力捏緊鑰匙圈凝視著自己，或許還稍微哭了。我沒有再度投去視線，穿過大門就看不到外面大廳了。

安檢過程同樣順利。

完成出境手續，我大步穿過尚未營業的免稅店與貼滿大型海報的長廊，坐在登機區域透過落地玻璃看著外面停放的飛機以及更遠處的湛藍天空，回過神來就已經來到登機時間了。

起飛前的等待時間比想像中還要來得更久。

座位很窄，雙腿沒辦法伸直，正前方的螢幕播放著安全宣導影片。

登機口外面放著可以自由取用的報紙，我順手拿了一份，偏偏正好拿到剛才千芳學姊買的那家報社的報紙。頭版是地球太空總署的照片以及依尼緹姆聯合太空站的電腦建模預想完成圖。

我從狹窄的圓形窗戶凝視藍得令人眩目的天空，許久才拆開那封信件。

稍微捏住就發現那是研究室的紙。

這個時候，飛機開始向前滑行，即將啟程飛往位於美國哥倫比亞特區的太空總署總部。

予謙先生：

您好。

在寫出這封信的期間，我時常抬頭仰望天空。

隨著時間流逝，翠綠色會呈現出各種濃淡不一的變化，宛如森林與山巒的延伸，在山頂被霧氣繚繞的破曉時分，甚至難以辨識出分界線。

不曉得我是否曾經提過關於雲霧階梯的故事？

奶奶以前曾經說過好幾次，像是那樣雲霧繚繞的日子，山與天將會連接在一起，在某處會出現雲朵構成的階梯，音譯的話會是「潘迪塔塔」。只要持續走在潘迪塔塔就會抵達天際，來到被稱為「邏伊洹」的美好世界，然而那麼做的後果是無法再度返回地面。

巡守人在森林過夜時也會刻意避開山頂，以免在無意之間走上那道階梯。

這是每位孩子都聽說過的故事，在奶奶還是孩子的時候，也曾經從她的奶奶口中聽說吧。

當然了，我知道那是不可能的事情。

幾乎遮蔽視覺的厚重霧氣會讓人分不清楚方向，然而山巒與天際不會因此連接在一起，人們也不可能踩踏著雲霧抵達天空。那是出於某種巧合或誤會，口耳相傳之下衍生的虛構故事，又或者像是在祈雪時焚起的煙霧，有著引導旅人歸途方向的更深一層涵義。

我是巡守人的女兒，知曉、接受且遵守著森林的規矩，然而僅限於出入與摘採果物，從未在森林中過夜也不曉得維繫自然的方法。那是弟弟將會繼承的工作與分內職責。

幾次詢問過爸爸為何清晨時不宜待在山頂附近，然而他表示只有巡守人才需要知道理由，堅持不肯告訴我，旁敲側擊也沒有得到解釋。

不好意思，話題似乎有些扯遠了。

我想要說的是，我知道那是不可能的事情，然而村子的某些人至今依然深深認為連接著天際的雲霧階梯「潘迪塔塔」確實存在，每當見到繚繞山頂的雲霧就會向身邊的孩子們提起這個故事，嚴肅告誡著不許靠近。

對他們而言，地球才是杜撰出來的虛構事物。

您或許會感到不可思議吧？即使我拿出您寄來的信件、繪製著地球自然景觀的作品集、翻譯出版的書籍，他們仍舊堅持己見。某些人微笑著敷衍過去，沒有繼續爭辯；某些人則是不屑地嗤之以鼻、譏笑諷刺。

他們並不相信奇蹟。

在內心某處，其實我也理解他們的想法。

我們從未親眼見過地球，卻是經常可以見到縈繞山頂的雲霧……即使此刻正在與您通信，然而阿米卡星的人們花費一生也無法抵達地球，既然如此，地球與帝伊洹的天上世界似乎也沒有太大差別吧？

當然了，我知道地球的天空是藍色的，如同大海一般的顏色，曾經在作品集中見過一幅純白燈塔與遼闊海洋的畫作。那份湛藍深深映入我的眼中，鮮豔無比，即使在閉起眼的睡夢當中也不曾褪去。

儘管如此，當我抬起頭，無論如何也難以順利想像出藍色的天空。

我們所見、知曉、認為理所當然的天空是綠色的。如同森林那樣深刻、蓊鬱、濃稠的綠色。

在許久以前似乎也提過這個話題吧？

如果有機會，予謙先生，我希望親眼見識您眼中的景色。

現在，這個機會突然到來。

對於參加交流隊邀約，首次讀到時難以相信自己的眼睛，以為是從未見過新詞彙，又或者是某種地球風格的玩笑，反覆查詢辭典、閱讀前後文才理解並非誤會，隨之湧現的情緒則是擔憂、畏懼與誠惶誠恐。

我只是出生在偏遠村落的巡守人女兒，至今為止習得的編織衣物、照料作物的技術以及關於森林的知識，在宇宙都無法派上用場，即使前往依尼緹姆聯合太空站也沒有能力做出有益於兩顆星球的事情吧。

因此非常抱歉，我無法勝任交流隊隊員的工作。

這是思索許久得出的結論。

我從小就生活在森林當中，在林木之間穿梭，在湖畔晒著太陽，感受著土壤、花草與雨水的觸感，仰賴著森林生存的人無法離開森林。即使偶爾有人前往異地旅行，像是妹妹的愛莉妮亞為了升學離開村子，他們最終都會回來，如同大樹的葉子終究會落在大地。

我們是「比雅卡珀」，乃是「隱匿於深林」的人。

這點無論如何都不會改變。

一直以來都憧憬著關於地球和宇宙的事物，直到獲得親手碰觸的機會才意識到這份心情僅止於憧憬，並未想過更進一步。這點也讓我感到萬般驚訝。待在宇宙船內航向前人未曾抵達的宙域，光想像就害怕到發抖，彷彿身體某處缺了一塊，空蕩蕩的，正因為如此，對於您的勇氣與行動力感到欽佩。

此外，或許有些突然，我必須在這封信當中向您告知一件事情。

爸爸準備在近期卸下巡守人的職務，奶奶與媽媽的體力也逐年衰退。雖然他們都依然身體健康，我身為長女也將肩負起責任，維繫、支持著家庭，因此……寫到這裡的時候，我停筆思考許久，最後還是決定向您表明心意。

予謙先生，我希望停止書信交流。

現在正是一個契機。

很榮幸有過這段星際間的深刻愛戀，在地球與阿米卡星將近兩百億的人們當中，我們兩人認識了彼此，成為了對方的靈魂伴侶。

在最後的此刻，我要告訴您一個不曾告訴其他人的祕密。

我曾經在地球讀過這樣的描述——所謂的書信，即是將自己的靈魂敲碎，執起碎片一字、一字地書寫下最真實的情感，試圖傳達給對方的行為。這段話令我印象深刻，每當執起筆要寫信的時候就會浮現心頭。

靈魂碎片化為文字，接著被轉換成電子訊號，穿過人工蟲洞，跨越一百光年的距離抵達對方手中。即使從未見面，我們的感情、戀心與愛都是確實存在的。

我的「薩珈亞」當中存在著您的靈魂碎片，成為了構成自己的一部分。

我認為這是不亞於「初次接觸」的奇蹟。

從您的文字當中得知許多原本不會知曉的知識與趣聞，豐富了人生。

在二十幾年前首次收到那封來自地球的信件是我的寶物，至今仍舊珍惜不已地隨身攜帶，收藏在親手縫製的防水皮革袋子。那份感動永誌不忘，只要伸手碰觸懷中的那封信就彷彿更加接近了那顆名為「地球」的藍色行星。

話雖如此，正是因為永遠無法抵達才顯得彌足珍貴。

這份愛戀將會是我一輩子的美好回憶。

在此祝福您的旅途順遂，如果能夠找到相伴今後人生的對象就更好了。

今後，地球與阿米卡星的交流會日益密切、頻繁，得知對方存在超過一百年的此時此刻，陸續會有來自地球的無人宇宙船攜帶著各式物品抵達這顆天空是綠色的星球……抵達我所生活的星球。

其中是否也會有您寄來的物品呢？

如果有這個機會，您又會寄給我何種物品呢？

會是大學校園的楓葉押花、您接受訪談的那本雜誌、附帶照片的麵包食譜、那套地球暢銷連載小說的後續集數、便利商店的冬季限定商品海報、裝滿糖果的玻璃罐、儲存著我們所有信件的隨身碟項鍊，又或者是您的照片呢？

我經常這麼想，不過終究只是想想而已。

倘若那些物品真的送至阿米卡星，也是百年之後的事情了。

在一百光年的遙遠距離，我們之間的唯一連結只有文字。

僅此而已。

這個或許也是最適合我們的結束方式吧？不需要回信。

愛比蓋兒，於即將黎明的窗邊筆

9. 我們的愛，相距一百光年

維多利亞月面基地正在舉辦五十週年的慶祝活動。

在「首度接觸」以前，月球已經建立起數個基地，也有專門繞月航行的太空站，卻是各個國家自行管理。

維多利亞月面基地是第一個由地球太空總署主導、集結所有國家之力建造的大型太空基地，也是第一個有人類長期居住的衛星。天文、外星歷史、外星語言、宇宙工程、自然科學、生物科技、生物醫學等等諸多領域的頂尖學者，在宇宙的最前線進行研究。

星際間通訊設備的主要伺服器也建設在月面基地。多虧如此，人工蟲洞不會受到大氣層影響，信件內容成為亂碼、破損遺失的情況大幅降低，相較於早期建設在地球山脈頂端時，能夠更準確地寄出信件。

此外，數百位頂尖工程師與宇航工程領域的技術人員直接使用月岩製作出建材、零件，省去了從地球發射的步驟，並且持續擴建月面基地，讓宇宙船不用返回地球，直接停泊此處進行維修補給。

今後珀爾典太空站的擴建與依尼緹姆聯合太空站的建造也會仰賴這項技術，使用宇宙塵埃做為建材原料。

一百位交流隊隊員皆是各個領域的頂尖專家，接受了等同宇航士的訓練與測試，順利通過考核。

他們將成為首批離開太陽系的地球人，締造更多首次的歷史性壯舉。

地球陷入再度宇宙狂熱當中，各個國家的媒體都在爭相報導這項計畫，人們注目著每位交流隊隊員的一舉一動。依照預定，他們在參加完維多利亞月面基地五十週年的慶祝活動就會啟程，航向五十光年之外的宇宙……

★

我睜開眼睛，過了好幾秒才想起來這裡是維多利亞月面基地。

六邊形的淺灰色房間裝潢簡潔，只有桌椅、衣櫃、床鋪、置物櫃等必要家具，皆固定在地面與牆面，其他用品則是大多由磁性物質製成，以利直接吸附在表面。個人雜物與紙張文件則是收納在置物櫃。

我在離開床鋪的時候不小心用力過猛，失重地迅速往上竄升，急忙伸手扶住天花板才沒有撞到頭，搖搖晃晃地一邊保持平衡一邊走向盥洗間。

地球目前掌握了從月壤、宇宙塵埃當中分解出飲用水的技術，令月面基地得以自行製造清水，不過大部分必須用來進行實驗研究，分配給日常生活的分量頗為拮据。洗澡總是使用溼毛巾擦拭身子，每週只允許沖澡一次，刷牙漱口的水會直接喝下去。在月球，用熱水沖泡的咖啡是奢侈品。

我用力嚥下薄荷口味的可食用牙膏，走到窗邊，拉開遮光簾幕。

窗外是深刻璀璨的星空，銀河壯麗橫跨。鹵素照明燈的範圍有限，卻也足以讓基地內的人看見遼闊的深灰色月壤大地。陰影的分界線極為鮮明，凝視過久會讓人不知不覺失去距離感，視野也因此產生一層薄薄的晦暗。

我尚未習慣那種感覺，也不覺得今後會習慣。

過去這幾天，交流隊隊員獲准輪流外出。

我出去過三次。兩次是基地外作業，一次是散步。散步那次穿著最新款式的月用宇航服，踩著據說觸感如同積雪的月壤，繞著被稱為「大廣場」的空地緩緩走了一圈。

我在月球留下了足跡。

仔細想想，這是很難得的經驗。

當時拍了照片傳給千芳學姊，但是沒有得到回覆。右下角顯示著「已讀」兩字。

千芳學姊在機場交給我的那封信放在桌面。清秀字跡的手寫內容與電子信箱收到的郵件一字不差。

那之後，我沒有收到愛比蓋兒的其他回信，也沒有再寄出新的信件。有很多事情想要告訴她，也有很多事情想要釐清。複雜紊亂的情緒持續堆積在內心角落，顯得透明、繾綣且脆弱，每當回想時就會龜裂，那些破裂的細小碎片又刺入更深的柔軟之處，益發難以取出。

我拿起手機，凝視著沒有收到新訊息的螢幕片刻才離開房間。

聽說首次前來月面基地的人們經常作噩夢，像是基地外牆突然出現缺口、抑或是發現自己飄浮在宇宙之間，猛然驚醒，甚至需要服用安眠藥物才能入睡。不過我這幾天睡得很安穩，只是很難相信自己正身處月球。

事情發生的速度遠遠超乎預期，幾乎脫離了掌控。

抵達美國的哥倫比亞特區，在地球太空總署總部與交流隊隊員正式見面，參加餞別會，接受採訪與拍照，環繞在鮮花、閃光燈、軍樂隊的演奏與無數掌聲當中，回過神來就已經搭乘宇宙船前往維多利亞月面基地，在此進行最終階段的訓練。

我們即將搭乘的最新型宇宙船全部共有十艘，百名隊員也分成十人一組。

這幾天即是增進彼此情誼的期間。在月面基地，英文與阿米卡官方語是最通用的兩大語言，對話幾乎沒有障礙。

同組的隊員們四男五女，職業分別是三名宇航士、一名心理醫生、一名外科醫生、一名歷史學家、一名校級軍官、一名宇宙船艦技師、一名電子工程師。

他們的個性平易近人，相處起來很愉快。依照千芳學姊常用的說法就是「中獎了」。其中，歷史學家的高野佐和子正好出身長崎，原本也有自學阿米卡官方語，只要談起瀧本教授的話題就會聊得相當熱烈。

今後的人生只有九個人陪伴在身旁，一瞬間覺得很少，不過仔細想想，自己原本的人際關係不超過二位數；如果沒有乘上宇宙船，身邊親近的人只有千芳學姊與愛比蓋兒。很快就釋懷了。

月球的一天相當漫長。太陽從升起到落下需要將近一個月，某些地區也會出現永夜、永晝的現象，換言之，長期居住此處的人們很難繼續依照地球的習慣生活。

某些人利用鬧鐘、安眠藥過著規律生活；某些人則是隨心所欲地累了就睡、醒了就繼續工作。這裡是徹底的實力主義，只要有辦法交出成果即可。

作息不分日夜，餐廳無論何時都很熱鬧，令人想起大學附近的鬧區。半邊是桌椅區，半邊則是自由取用的食品包和擺放著調理器具的區域。為了避免殘渣碎屑飄入精密儀器內部，餐廳是基地內唯一允許自由飲食的場所，其他區域只能補充水分。

擦身而過時，我朝著不認識的人們頷首致意。有些人認出我是瀧本教授的學生，熱情地用不太標準的日文打招呼，我也微笑答以日文。

餐點品項豐富，有些更是不遜於在地球嘗到的料理。好幾次想要向千芳學姊發訊息炫耀「太空食品也很美味」，不過看著最後一則訊息角落的「已讀」兩字，最後還是作罷。

「這裡也沒有辦法提出邀約了……」

我喃喃自語，兩、三口吃完鮭魚飯糰，離開餐廳。

維多利亞月面的基地主體是圓頂巨蛋建築，約有四千人在此長期生活。內部劃分出住宿、公共、研究、儲藏等數個區域，以放射狀的通道互相連接。

在這裡，無論地板、牆面或天花板都是深淺不一的白色，表面帶著細碎紋路，摸起來的觸感有些粗糙。那是利用月壤製作出來的建材原色。據說太空總署原本計畫將月面基地漆成縹色，然而有許多更加重要的物品得從地球運來，建材染色劑的要求持續往後推延，最後總是不了了之。

隔著一道灰白色牆壁，外側就是看不到盡頭的遼闊大地。

月球沒有大氣，時值白晝依然一片漆黑，只有巨大耀眼的太陽孤單地懸掛空中：夜晚則是不會受到影響，放眼望去盡是持續閃爍的璀璨星光。

抬起頭不會看見天空，而是直接看見宇宙。

這件事情讓我受到莫大衝擊，可惜基地的窗戶數量稀少，每次抬頭都只是看見深灰色的天花板。

我快步穿過連接通道，來到數據中心。

寬敞房間中央擺放著星際間通訊設備的大型主機，鋪設在地板的無數纜線連接到隔壁房間的超級電腦與伺服器機房。機械運轉的嗡嗡聲響迴盪不散，螢幕更是閃得眼睛微微刺痛。在習慣了灰白色的基地，那些色彩有些過於鮮豔了。

十多人忙碌地來回走動，或是記錄著從阿米卡星發來的訊息，或是將那些訊息傳回地球的太空總署總部。通信局也有在這裡設立櫃檯，屬於基地人員都可自由出入的區域。這幾天只要是訓練的空檔，我就會待在這裡。

我抬頭凝視著持續收發信件的星際間通訊設備。

過去二十幾年撰寫的每一封信件都會經過眼前的設備，跨越一百光年，傳送到愛比蓋兒手上。我伸手碰觸著壓克力玻璃，總覺得這樣似乎就可以碰觸到以往某些模糊不清的事物。

由於隨身行李有著數量限制，以往收到的信件無論實體或電子檔案都留在地球，交給千芳學姊保管。此時此刻，只有從不離身的隨身碟項鍊可以證明那些信件確實存在。

我下意識地伸手握住，堅硬稜角隔著布料刺入皮膚。

現在是黑夜，據說太陽還要十幾天才會從東邊升起。數據中心沒有窗戶，不用拉上簾幕也不會透入光線，主機嗡嗡作響的聲響宛若空調，在耳畔迴盪不散，每次待在這裡都會湧現身處大學研究室的錯覺……

「——你看起來已經準備好了。」

不知不覺間，我聽到了相當懷念的聲音。

我一瞬間以為自己處於夢境當中，過了好幾秒才訝然轉頭。

千芳學姊就站在身旁，保持肩膀幾乎相碰的距離，露出眺望遙遠景物的眼神看著星際間通訊設備。

「……咦？」

我用力眨眼，在淚水逐漸暈開的視野當中凝視站在身旁的千芳學姊。她穿著襯衫與西裝褲。頭髮看起來才剛剪完，簡短俐落，不需要髮夾。

「你看起來已經準備好了。」

千芳學姊平靜重複，偏頭瞥了我一眼。

態度如同往常，彷彿待在大學研究室的隨口閒聊。

「畢、畢竟現在是最後一輪的考核，依然有訓練和考試，如果沒有達到目標數值或成績不理想就會被刷掉。這次也有十多位的隊員候補一同前來月球，隨時可以補上空缺。」

我有些語無倫次地解釋，半晌才沙啞地問：

「為什麼學姊會在月面基地？」

「我陪瀧本教授過來參加啟程典禮。」
「對了，教授有受到邀請……」
「這不是廢話嗎？身為外星語言的頂尖學者，在翻譯領域厥功至偉，教授怎麼可能缺席這場盛會。」
「說得也是……」
幾句對話一過，思緒才逐漸開始運轉。
我凝視著千芳學姊的側臉，依然感到不可思議。
「陪我逛逛，順便導覽環境吧。我剛剛才抵達這裡，馬上就被抓到小房間聽完比布朗教授還要讓人想睡覺的安全說明，偏偏又不能睡，討厭死了。」千芳學姊鼓起臉頰抱怨。
聞言，我深有同感地笑了出來。
布朗教授是外星語文學系的專任教授，負責外星歷史，以堅持不用麥克風與說話含糊不清的特色聞名整個學系，學長姊總會認真叮嚀如果沒有搶到前三排的座位根本聽不清楚他在講什麼，偏偏考試又特別刁鑽。
當初我詢問千芳學姊選修的建議時，被不懷好意地推薦了布朗教授的課，好不容易才熬過兩個學期沒有被當。現在想來也是不禁莞爾的往事。
「所以有什麼推薦的景點？」

千芳學姊再度問。

「我應該先去找瀧本教授打聲招呼才符合禮節吧。」

「教授才剛踏入基地就被包圍了，在我被帶到小房間之前，人牆少說圍了三層，又是求簽名、又是希望握手，超級受歡迎的。現在大概還忙著吧。」

「那樣學姊不是更應該跟在旁邊嗎？」

「首次前來月面基地，教授肯定想要獨處，我才不會那麼不識趣。」

千芳學姊不置可否地聳肩，拉著我離開。

我看著走在前面一步的背影，末端微微翹起的髮尾與左顧右盼的側臉，直到這個瞬間才意識到千芳學姊確實就在身旁。交握的手指與掌心可以感受到她的體溫、心跳與情緒。

各種疑問接連浮現腦海，不過我沒有說出口，只是苦笑著問：

「為什麼沒有回訊息？」

「嗯？啊啊，最近忙到手機只拿來當成鬧鐘。我也要受訓，排程有夠緊湊的，根本不給人睡覺的時間。」

「介意問問為什麼卻會顯示著已讀嗎？」

「都說了因為忙啊。」千芳學姊不悅轉頭瞪了一眼，又說：「抓什麼語病，看了又不一定要回。打著『介意』兩字將責任強推給對方的說話方式很惹人厭，注意別因為這樣和同組的宇航士鬧僵了。」
「感謝學姊的提醒。」
「那幾位組員們好相處嗎？」
「還不錯。」
「那樣就好。」
「嗯。」
我暗自計算時間，意識到千芳學姊在幾週前就開始接受訓練了。即使只是搭乘宇宙船飛往月面基地，依然需要這方面的技術、知識以及緊急情況的對應方式，那段時間也該和我的訓練有所重疊……顯然是瀧本教授故意隱瞞的，而且不是單純為了製造驚喜。
我揣摩著瀧本教授的用意，沒有注意到走在前方的千芳學姊突然止步，急忙扶住牆壁才沒有撞到她。
「怎麼了？」
千芳學姊站在窗戶旁邊，凝視著宇宙當中閃爍的星光，不答反問：
「你最近還會經常仰望天空嗎？」
「基地天花板都沒有裝設玻璃，天文觀測的區域則是需要申請才能進入。」
「直接講沒有不就行了。」千芳學姊搖著頭，又問：「聽說月球的黑夜會持續半個月左右，那是真的嗎？」
「大概吧，我過來之後一直都是晚上。」
千芳學姊低聲嘟囔著幾句聽不清楚的話，站在原地沒有動作。
我同樣凝視窗外，片刻才說：
「很漂亮吧，這是待在地球無法看見的景色。」
「嗯。」
「我其實挺喜歡這種分不清楚晝夜的環境。」
「第一次離開地球，原本以為會是相當壯大的事情，結果比想像中還要簡單，甚至和搭乘飛機差不多。回過神來就已經待在月面基地了。」
「我去美國的時候基本上都在睡覺，連搭飛機是什麼感覺也不太清楚。」
「難道不是反覆閱讀著那封信嗎？」
千芳學姊問完就立刻垂落眼簾，低聲說著「抱歉」。
我沒有詢問這是為了什麼的道歉，也沒有思索下去，故作輕鬆地問：
「學姊有到基地外面嗎？」
「我沒有接受那方面的訓練，在小房間也被嚴令禁止那麼做。」千芳學姊很快就整理好情緒，有些遺憾地這麼說。
「月球的土壤踩起來跟積雪差不多喔。」

「炫耀什麼，你連雪都沒有看過吧。我在德國可是看過也摸過。」

「今後倒是沒有機會看到雪了。」

「覺得遺憾的話就主動放棄資格啊。」

我輕笑幾聲，沒有接續這個話題。

片刻，千芳學姊才淺淺嘆息。

「所以呢？你剛剛想要說什麼？」

「等到幾十年後，這些事情或許會成為理所當然的日常。人們像是談論著雪一樣，稀鬆平常聊著關於月壞的話題。」

「或許吧。」

「根據在這裡聽到的未公開消息，地球太空總署主導的小型宇宙船計畫已經來到試行階段，順利的話不用幾年時間，前往月球的宇宙旅行會變得更加簡單，某些國家也會發行私人的宇宙船船號。」

千芳學姊心不在焉地環顧四周，再度問：「那封信呢？」

「放在房間桌面。」

「你會帶著前往依尼緹姆聯合太空站嗎？」

「當然，一封信並不占空間。」

「即使是那樣的內容？」

「那是妳給我的信。」

我刻意沒有提到動詞，因為「妳寄給我的信」和「妳寫給我的信」會傳達出截然不同的意思。

沉默再度在我們之間迴盪。

月面基地的空氣都仰賴機械輸送，帶著淡淡的消毒水氣味。

許久之後，千芳學姊才輕聲開口：「我不會嘗試否認你持續相信的事物，那樣等同於也否認了這些年來一直站在你旁邊的自己，儘管如此，如果只是為了賭氣才選擇這麼做……」

千芳學姊並沒有說完，大概也聽出自己正在尋找理由了。

「你依然沒有改變心意嗎？」

「是的。」

「明明是我更早陪伴在你的身旁，也是我一直陪伴在你的身旁，此時此刻卻還是執意選擇愛比蓋兒嗎？」

千芳學姊的語氣依然平靜。

我找不到合適的話語，只好反問：

「這個是學姊特地過來這裡的理由嗎？」

「我想要親口詢問你在離開地球之後，是否有感到後悔。」

「當然。」

我不假思索地說。

千芳學姊露出難掩訝異的神情，緩慢地將視線移到我的側臉。

「我認為，正是相隔了一百光年，所以你對於愛比蓋兒的感情才會如此深刻。這裡是距離地球三十八萬公里的月面基地……你對於我的感情有出現變化嗎？」

沒有等待我的回答，千芳學姊就繼續說下去。

「如果你收到了愛比蓋兒的回信，寫著她願意在五十光年外與你相見，有可能做出不同的決定嗎？」

「這是我做出的決定。」

「這樣聽起來就是在賭氣。」

「不是的，我們的這段關係維繫於信件、維繫於文字，只要其中一方不再通信，這份關係也會到此結束。儘管如此，至今為止累積的事物依然存在，不會突然消失，如同在白晝閃爍的星星、在地球看不見的翠綠天空，以及我們的這份關係。」

我說。彷彿深夜的靈光一閃，總算找到最適切的詞彙。

「如果沒有妳，我肯定無法站在這裡。」

「什麼意思？」

「或許在國小時沒有學會阿米卡官方語，放棄了通信；也或許無法同時兼顧打工與上學，導致其中一方半途而廢。正是因為妳一直走在我的前面，我才能夠貫徹這件事情，才能夠擁有這個機會，去往更遙遠的場所。」

「那是愛比蓋兒的功勞，並不是我的。」

千芳學姊垂落眼簾，輕聲開口：

「當愛比蓋兒·馮·雷斯米雅德站在面前，你能夠認出她嗎？」

語氣堅定、不容質疑，又帶著一絲絲的無可奈何，彷彿早就知道了答案。

面對相同的問題，我並沒有像上次那樣果斷給出回應。

或許千芳學姊不會相信，不過我在月面基地的這段時間經常思索當時的對話。片刻，我迎著千芳學姊的堅毅眼神，平靜地說：

「如果不是愛比蓋兒·馮·雷斯米雅德的人站在面前，我認得出來。」

「那樣不是廢話嗎？」

「因此不是愛比蓋兒·馮·雷斯米雅德寫的信，我也認得出來。」

千芳學姊提過星際間通訊設備會使用到人工蟲洞的高科技系統，然而那之後就是單純的信件業務，各個國家都由獨自的ＩＴ企業、網際網路服務提供商承辦，因此有辦法簡單偽造名義上來自阿米卡星的信件，導致外星詐騙日益猖獗。

換言之，千芳學姊有辦法寄出一封假的電子郵件，同時交給我相同內容的信。

千芳學姊抿起嘴，看似想要說什麼卻沒有發出聲音。那份情緒靜靜地落在腳邊。

窗戶外面依舊寂寥無聲，無論星光多麼璀璨也無法照入基地裡面。

「這是最後一次告白。我喜歡你，予謙。」

千芳學姊輕聲嘆息。

「我很開心，不過我的答案並沒有改變。」我平靜地給出回覆。

「就算交流隊的計畫中止，你們在幾年內就返航了，我也不會等你。」

「當然。」

「你會後悔的。」

「應該會吧。」

千芳學姊微微一怔，顯然沒料到這個回答，接著落寞地抿起嘴脣，看起來快要哭出來了。

她是這麼愛哭的人嗎？

我壓下內心湧現的疑惑，靜靜等待千芳學姊忍住淚水才繼續說下去。

「千芳，對我而言，妳是很重要的人。」

我沒有使用「學姊」或「妳」的稱呼，直接喊了名字。

如同以前相處的時候。

如同我們第一次也是最後一次約會的時候。

「即使那份感情並非戀愛也是如此，占據了很重要的位置，過去、現在都時常縈繞內心，將來也不會發生改變。」

緊接著，我遲來地注意到她戴著那只手錶。

錶帶邊緣閃爍著粉金色的金屬光輝，比起從基地窗戶看出去的任何一顆星星都要耀眼。

「差不多該去找教授了。」

千芳學姊轉過身子，語氣平靜地這麼催促。髮絲正好遮住了她的表情。

★

之後幾天，千芳學姊與瀧本教授徹底融入了月面基地的生活。

瀧本教授受到熱烈歡迎，不只有交流隊的隊員，原本常駐在此的學者、研究人員與技師都主動攀談，甚至在餐廳開了一場臨時簽書會。千芳學姊擔任起類似祕書的職務，安排行程與見面會談的時間，某方面來看也與待在研究室時沒有太大差別。

閒暇時候，瀧本教授總會獨自待在一個整面牆壁都是強化落地玻璃的空房間，眺望外面遼闊的大地與宇宙。空房間位於儲藏區域角落，平時鮮少有人經過，非常安靜。

結束交流隊的訓練，我與隊員們在餐廳前分別，獨自前往應約。

瀧本教授依然身穿那件白袍，雙手插在口袋，站在落地玻璃後方。

「不好意思久等了。」

我站在門口打招呼，等到看見瀧本教授微微頷首才踏入。

「訓練辛苦了，要喝咖啡嗎？」

「咦？但是餐廳以外的區域禁止飲食……」

「讓他們特別破例，順便找出備用的咖啡機。聽說這個房間原本就是做為咖啡廳之用，後來因為各種規定廢棄了，只用來堆放貨物。」

瀧本教授隨口解釋。最靠近的那張桌子確實擺著一臺咖啡機與相關器具。這裡的桌椅同樣是可收納在地板的款式，利用卡榫固定。我原本想要拉起一套桌椅，想了想還是作罷。畢竟教授肯定想在最近的距離欣賞月球景色。

「千芳學姊呢？」

我一邊問一邊幫忙磨碎咖啡豆。

「有項定期計畫，前往幾十公里外的太陽能發電站，確認儀器是否順利運作，正好得知月面車還有空位就讓千芳過去了。難得上來月球，如果沒有離開基地到外面逛逛，實在很可惜。」

這個應該也是瀧本教授特別關照的結果。雖然沒有接受離開月面基地的訓練，只要待在月面車內，依然可以近距離欣賞地球無法見識到的景色。對於喜歡旅途本身的學姊而言，肯定會是難以忘懷的經驗。

腦海隨之浮現千芳學姊無比興奮的臉龐，我不由得感同身受地露出笑容。

「謝謝。」

「只是小事。」

瀧本教授揮手表示不用在意。

那之後，我們各自端著馬克杯，站在落地玻璃內側。

月球是沒有風的世界，深灰色月壤平靜沉積在灰色的寧靜大地。如果沒有隕石或其他人為的外力影響，將會半永遠地保持原樣，無論腳印、月面車的輪胎痕跡或意外掉落的零件都是如此，不會出現變化。

昨晚睡前，千芳學姊說那樣令人感到「欽羨」。

這件事情讓我思索許久，在床鋪翻來覆去地有點失眠。

我突然想要詢問瀧本教授的看法，不過幾番斟酌，最後只是感嘆地說：

「待在月面基地享用咖啡，一百年前的人們應該難以想像吧。」

「在初次接觸的時候，數千年來首次收到來自其他星球的訊息，以此做為契機，颳起前所未見的宇宙狂熱；現在待在地球的人們則是關注著這支即將締造壯舉的交流隊，這麼想來，似乎沒有太大的變化。」

瀧本教授的語氣帶著欣悅。

「是的。」

「予謙，你知道我從來不收研究生吧。」

「千芳學姊和我很榮幸成為唯二的兩位。」

「待在大學的這些年來，有許多學生都希望讓我擔任指導教授，也有人透過各種關係拜託，我則是全數拒絕了。翻譯與研究是我擅長的領域，指導卻非如此，這點自知之明還是有的。」

「我從教授身上學到了許多！」我正色說。

瀧本教授揮著手，表示這個並非重點。

「你有從千芳那邊聽過理由嗎？」

「這個……並沒有。」

「現在依然記憶深刻。那個時候，千芳還是大四生，在鄰近畢業的初夏連續好幾天埋伏在老屋旁邊的花圃，等到我出現就上前搭話。」

「千芳學姊一直以來都很有行動力。」

「確實如此，她現在也待在這座月面基地。」

瀧本教授喝了口咖啡才繼續說下去。

「據她所說，有位天才在大學畢業之後，絕對會過來拜託我擔任指導教授。那位天才有實力、有天賦也有熱情，絕對會成為我的研究生，她不想被排除在外，希望一直站在他的身旁，因此必須先成為我的研究生。」

我不禁覺得胸口一緊，感到又是榮幸、又是羞愧。

「當時她使用了『必須』這個詞彙。」

瀧本教授的語氣帶著笑意與些許懷念。

「她很清楚自己想要的未來，為了達成那點全心全意地努力，沒有迷惘。那是相當難得可貴的特質，當時的我折服於那份氣勢，回過神來就已經接下指導教授一職了。」

「很有學姊的風格。」

「這幾年來，你們幫了我許多忙，然而如果在你和千芳當中挑選一人擔任研究生，我會選擇千芳。」

「學姊在大學四年的成績都是全系第一，翻譯方面也比我細心。」

「不要誤會了，予謙，你確實是天才，在語言方面的天賦無可挑剔，不久前也談論過類似的話題吧。儘管如此，現在聚集在這座基地的其他九十九名交流隊隊員也都是不折不扣的天才。這點並非關鍵。」

「能夠請教理由嗎？」

「因為千芳並不喜歡阿米卡星，也不喜歡阿米卡星的相關事物，所以才更顯得可貴。」

這個時候，我突然想起待在地球的最後一日，千芳學姊曾經說過的話。

瀧本教授平靜地問：「你們有好好聊過嗎？」

這個問題的措辭相當巧妙。

不是「你們和好了嗎」，而是「你們有好好聊過嗎」。我來不及思索這個差異想要傳達的真正意思，含糊回答。

「是的。」

這樣的小心思自然瞞不過瀧本教授，然而他沒有追究，慢條斯理喝了幾口咖啡才繼續問：「你可以接受這個結果嗎？」

「千芳學姊……千芳從以前就很擅長社交，總是有辦法察覺到對方想聽的內容、想要傳達的真正意思，或許正因為如此，她經常隱藏真心話……或者說，在反覆說出口的時候不僅是對方，連自己也想要說服。」

我謹慎地挑選詞彙。

並非不曉得該如何說明，而是有太多、太多的事情可以說了。像是陪著我到其他城鎮借閱阿米卡星書籍的時候；像是一起參加阿米卡官方語檢定考試的時候；像是詢問我該如何選填大學志願的時候；也像是微笑聽著我講述信件內容的時候。

「所以在講述某些事情的時候，她顯得堅信不疑，像小貓依然在她的老家幸福快樂地生活著。」

我說出口才意識到瀧本教授應該不曉得這件往事，然而他淡然反問：

「那樣不是好事嗎？」
「或許吧。不過當時在千芳學姊的老家沒有戳破，那麼今後也是如此。」
「打算一直瞞著她嗎？」
我一瞬間想要反駁，不過最後只是緩緩點頭。
千芳學姊不僅僅是待在我的身旁，也始終走在我的前方。
支持著我持續朝向一百光年外的星球寄出信件，支持著我為此做出的所有決定，支持著這份戀心。如果沒有千芳學姊的陪伴，我或許早就放棄了。
我深呼吸一口氣，再度開口：
「我是千芳住在同一棟公寓的青梅竹馬、需要她費神照顧的弟弟、在她心情低落時一定會站在她那邊的友人、總是低一個年級的學弟，也是對宇宙、阿米卡星與那位永遠無法見面的女子抱持戀心的笨蛋……我必須一直是這樣的人。」
我刻意使用了「必須」這個詞彙。
「為什麼呢？」
瀧本教授沉穩地問。
「因為千芳學姊所知道的我，就是這樣的人。」
「你覺得這樣無所謂嗎？」
「實際上，我的這份心意始終沒有改變。此時此刻待在月面基地，這份喜歡著宇宙、喜歡著愛比蓋兒的心情更加高漲，連我自己也感到訝異。」我停頓片刻，補充說：「上述那些幾乎都是千芳學姊的原話，並不是我的主觀臆測。」

這個時候，瀧本教授突然笑了。

「你們太像了。」

「如果被千芳學姊聽見這個評語，大概會拉下臉，用沉默表示抗議吧。」

「感情豐沛，願意不顧一切地去愛著其他人，因此將自身放到第二、第三順位，難道還不夠相似嗎？那份感情確實存在，值得受到肯定與珍惜。或許這點也是你們如此親近的理由吧。」

眾多描述關係的詞彙接連浮現心頭，不過我沒有嘗試進行定義。我不需要明確定義。這份關係只要千芳和我知道就足夠了。

許久之後，瀧本教授才再度開口：

「如果放棄交流隊的資格就回來研究室吧。從阿米卡星送來了各種物品，其中也包含字數媲美宇宙繁星的電子書籍檔案，只要等到太空總署的許可批下來，立刻會著手翻譯，有你在就幫大忙了。」

「這是……我可以反悔的意思嗎？」

我訝異地問。

「當然不會有人逼著你搭上單向航行的宇宙船。這是你自己的人生，只有自己能夠決定。」瀧本教授聳肩。

「是的……」

「接下來才正是忙碌的時候，退休遙遙無期呢。」

「教授打從一開始就沒有打算退休吧。」

「或許吧，不過未來會發生什麼事情，誰也說不準。」

瀧本教授將馬克杯擱在桌面。杯底的磁鐵頓時緊緊吸附住桌面，發出「喀」的微弱聲響。

我聽著瀧本教授離開房間的腳步聲，繼續站在將月球大地一覽無遺的落地玻璃內側，許久才喝完殘留在杯底的最後一滴咖啡。那味道嘗起來比起待在地球的時候更加苦澀。

在訓練課程當中有提到受到氣壓、心理因素的影響，宇航士的味覺將逐漸產生變化，難以辨識出甜味。

咖啡本身並沒有改變，卻會變成我所不知道的漆黑液體。

攜上宇宙船的私人物品有著嚴格限制，飲用水連一滴都不能浪費，咖啡想必會成為奢侈品吧，或許一年都無法喝到一杯，其實也無須在意味道是否改變。不如說，對照著記憶當中的味道，肯定會變得難喝。

我捏緊手指，繼續眺望幾乎不會出現變化的寂寥景色。

不曉得時間經過多久，身後突然傳來腳步聲。我尚未轉頭就被撞得往前走了好幾步才穩住身子，接著急忙伸手拉住同樣失去平衡的千芳學姊。

「我剛剛到基地外面了！」

千芳學姊的臉頰紅通通的，像是小孩子一樣興奮地喊。

「在宇宙船停靠月面基地的時候應該有看了將近半個小時的安全宣導影片，其中數次提過禁止奔跑。」

我苦笑著說。

千芳學姊無所謂地揮舞手臂，繼續激動說著方才搭乘月面車前往太陽能發電站的細節。我心想既然取得了許可，兩杯咖啡與四杯咖啡應該沒有太大的差別，又泡了新的咖啡，拉起桌椅，面對面地坐下。

基本上都是千芳學姊在說話，我偶爾才會回應幾句。

不真實的奇妙感覺從腳底湧現。我和千芳學姊就待在維多利亞月面基地，隔著一面落地玻璃就是遼闊的深灰色大地，一邊喝著咖啡一邊聊著月面車、積雪與璀璨的星空，這是國小時難以想像的事情，現在依然覺得宛如身處夢境。

「——對了。」

千芳學姊低頭凝視著杯子，突然說：

「對不起。」

「這是為了什麼的道歉？」

「你送我的貓咪馬克杯壞掉了。」

千芳學姊的情緒倏然轉低，懊悔咬住嘴脣。

「我用泡泡紙仔細包了好幾層，塞在衣服之間，不過到美國旅館的時候還是發現壞掉了。那些機組人員在搬運時不曉得多粗魯，行李箱的一個輪子也被撞到歪掉了。」

「沒有必要帶到美國吧。」

「不用那個杯子喝咖啡就覺得味道不對。」

「壞了也沒辦法。」

聞言，千芳學姊微乎其微地繃緊肩膀，不過很快就沮喪垮下。

「記得太空總署的商店有不少紀念品，回程買一個新的吧。」我說。

「不用那麼麻煩，這邊有賣日常用品的商店吧。」

千芳學姊忽然站起來，語氣堅定地露出微笑。

「當作稍早的生日禮物。」

「沒有問題。」

我沒有詢問她究竟想要預支幾次生日禮物，起身收拾好桌椅，陪著千芳學姊前往月面基地的商店。馬克杯只有一種造型、三種顏色，都是杯底附有磁鐵的月球專用款式。千芳學姊認真挑選許久，拿起來湊著燈光端詳，最後讓我買了最尋常的白色。

★

今天是舉行啟程典禮的日子。

話雖如此，交流隊隊員的工作只有拍幾張大合照，接受簡短採訪，之後就剩下待在基地內等待正式啟航了。

起床後，我迅速盥洗，換上參加典禮用的藍色制服，在經過窗戶時感受到違和感，駐足凝視片刻才發現異狀。

太陽升起了。

在深刻漆黑的宇宙當中有著一顆光球，明明是白晝卻無法感受到光亮，整體景色比起星空璀璨的夜晚更加晦暗。這個反差讓思緒產生某種不協調的暈眩。

我下意識地拿起手機拍照，想要連同訊息傳給千芳學姊，等到鏡頭對焦之後才想到她也待在這座基地，只要望向窗外就會看見相同景色。

我將手機收回口袋，在餐廳和同組的隊員們會合，一邊吃著早餐一邊隨口聊著無關緊要的瑣事，比較最終考核的成績高低、對於訓練內容的抱怨，接著踱步前往舉辦典禮的大房間。

原本以為會以現場轉播為主，沒想到親自前來月球的記者人數比想像中更多，其中不乏首次前往宇宙、踏入月面基地的人。他們難掩興奮地左顧右盼，又或是尚未習慣月面重力，走起路來搖搖晃晃的，很容易分辨出來。

我環顧幾圈，沒有在人群看見戴著粉金色手錶的短髮身影。

典禮過程相當順利。

地球太空總署的署長、月面基地的指揮官、各大民間企業的社長依序致詞，說著這項計畫的歷史性意義與遠大理想，瀧本教授也有上臺，講了掛在老屋辦公室那張照片的故事。其後，我們站在列印出來的依尼緹姆聯合太空站預想完成圖的大海報前面拍了合照。地球太空總署與各國國旗兩列排開，在人工製造出來的微風吹拂中飄揚。

中場休息的時候，隊員們一直在握手寒暄，接受記者的採訪。特定幾人尤其熱門，身旁圍著十多位記者和重要長官，千芳學姊以前提過的那位藥理學博士的隊花也是其中之一。即使倚靠月球的輕重力，用力躍起也很難跨越那道人牆。

我也接受了幾家出版社和媒體的採訪，不過忘記自己究竟回答了什麼。

午餐是交流隊隊員待在月面基地的最後一餐。我們事前填寫過問卷，可以自由指定餐點，太空總署則會想辦法在月面基地重現出來。同組的馬克思認為這樣不啻於囚犯在行刑前吃的最後一餐，固執留白，因此和其他典禮參加者一樣是太空食品。

高野小姐指定的餐點是咖哩漢堡肉。聽說她在小時候喜歡咖哩也喜歡漢堡肉，然而母親總是嫌麻煩，只有在生日才會同時準備這兩項料理。那是充滿溫馨回憶的料理。

我指定的餐點是麵包餐盒。麵包的數量比想像中更多，幾乎是兩人份，附贈一個太空食品的袋裝蘋果汁，甜麵包很好吃，然而蔥花麵包已經乾掉了，咬起來很硬、很鹹，好不容易才嚥下去。

大家抱怨著味道和地球差遠了，卻都一點不剩地全部吃完。

接下來的行程是自由時間，讓交流隊隊員和珍視的人相處。不久前在說明今日行程的會議時，簡報上面使用了這個詞彙。

珍視的人。

我沒有打算和家人聯繫，想要找千芳學姊卻沒有見到她的身影，手機傳的訊息也沒有已讀，只好獨自在月面基地信步走動。

大部分的人依然待在典禮房間，深白色走廊出乎意料地安靜。

回過神來，我發現自己來到了那個有著落地玻璃的空房間。

一身白袍的瀧本教授站在角落，眺望著灰色大地。

我刻意清了清喉嚨，笑著走上前。

「教授也在偷懶嗎？」

「身為來賓，今天並沒有工作，當然也沒有必要接受那些在地球就可以回答的採訪。這裡可是月球。」

「為什麼剛剛在典禮沒有看到千芳學姊？」

「千芳已經先回去了。」

瀧本教授的語氣平靜，視線依然凝視著窗外。

我過了好幾秒才理解到這句話的意思，想要追問下去卻無法順利發出聲音，徒然張著嘴巴。

「今早正好有回地球的班次。」

瀧本教授換了一個說法，但是我想要知道的並不是那個。

「……學姊有留話給我嗎？」

從喉嚨深處擠出的聲音相當沙啞。

瀧本教授沒有回答，逕自走到桌邊開始沖泡咖啡。

熱氣裊裊飄升。

直到泡好了兩杯咖啡，我依然尚未整理好情緒。瀧本教授向前遞出馬克杯，但是我沒有接過，有些粗魯地搖頭。杯底被桌面吸住的聲響很刺耳。

瀧本教授並沒有介意這些失禮舉動，再度望向窗外。

「等到喝完這杯咖啡，我也準備回去了。沒想到在這個年紀能夠踏上月球，親自將原本只能夠透過螢幕的景色映入眼簾，也算是圓了小時候希望成為宇航士的夢想。」

時間緩緩流逝。

月面的景色幾乎不會出現變化，某些地區甚至保持著千萬年前的模樣。

許久之後，喝完咖啡的瀧本教授才再度開口：

「予謙，要一起回去地球嗎？下一班宇宙船還有空位。」

「……這是千芳學姊拜託教授問的嗎？」

「你的回覆會因此出現改變嗎？」

瀧本教授聳肩反問。

我搖搖頭，低聲卻肯定地給出答覆。

「我會參加交流隊，這是我決定貫徹到底的事情。」

「是嗎？那麼就反過來了。」瀧本教授說：「你會在依尼緹姆聯合太空站陪伴著那位穿著亞麻披肩的人兒，然後持續寄信給千芳。」

「如果一切順利的話……確實會變成這樣。」

「她有順利收到推薦信嗎？」

我沒有回答這個問題，露出微笑。

「希望教授回程一路順風。」

「那麼也在此祝福你的旅途順利。」

瀧本教授放下空掉的馬克杯，拍了拍我的肩膀，頭也沒回地離開房間。

白袍翻捲的聲響似乎依然留在房內，久久繚繞不散。

我一口氣喝完依然帶著燙傷舌頭熱度的苦澀咖啡，同樣離開房間，筆直前往數據中心。即使身處將會被記錄在人類歷史的重要時刻，這裡的工作人員依然持續接收著來自阿米卡星的無數文字，整理建檔、轉寄至世界各國的通信局，忙得不可開交。

我走到角落的位置，拿起放在抽屜的紙筆。

仔細想想，這是睽違國小以來，首度用鋼筆親手寫信。

墨水微微暈開，很快就滲入紙內。

我沒有使用修正液，一筆一劃地仔細寫下文字，以往總需要花費好幾個小時才寫完一封信，這次卻相當迅速，幾乎沒有停止地將累積在內心的想法與思緒化成文字。我沒有再次閱讀、檢查，直接拿起那封信走到櫃檯。

「不好意思，麻煩將這封信寄到阿米卡星。」

「好的。」

職員小姐用雙手接過，迅速敲打著鍵盤，將信件內容打成電子檔。片刻，職員小姐反向遞出一臺平板電腦。

「請確認信件內容是否無誤，一旦送出就無法更改。」

「沒有問題。」

「那麼請在此輸入收件地址與收件人姓名。」

以往總是直接沿用事前設定好的地址，已經有許久不曾想起她居住的國家、城鎮與街道名稱。我想著，卻流暢打出文字，不禁訝異自己竟然記得如此清楚，彷彿成為內心不可分割的一部分。

「確實收到了，費用會直接從預設帳戶扣款。信件比起通話更能夠長久保存、反覆閱讀，我認為這是一個很好的辦法，能夠留下回憶。」

櫃檯小姐將雙手握拳放在胸前，打氣地說。

「咦？」

「不好意思，我想要說的是……請加油！」

我順著視線低頭瞥了一眼別在胸口的縹色徽章，遲來地意識到交流隊隊員的身分被認出來了，露出笑容問：「請問這邊可以寄信回地球嗎？」

「沒有問題，不過很少人這麼做。直接寄送電子郵件更省時間、費用。」

「有人跟我說過她很喜歡用紙筆一個字、一個字寫下來的那種感覺，機會難得，想要趁著離開月球之前親筆寫封信。請問有在賣信紙嗎？」

「有的。」

櫃檯小姐操作著平板電腦，切換成信紙類型的畫面。款式並不多，粉紅色、淡藍色和最普通的白色。

「請給我粉紅色的。」

「好的，信紙的費用會在寄信時一併扣除。」

「麻煩了。」

我微笑道謝，拿著粉色信紙走回方才座位，執起鋼筆，思索著開頭該如何下筆。緊接著，我想起來千芳學姊那張海浪打上沙灘的大頭貼。那張確實不是在她老家周邊拍攝的。

千芳學姊喜歡一個人到處旅行，有時候會突然消失好幾天，然後帶著從來沒有聽過的土產回來；我則是正好相反，總是待在熟悉的場所，幾乎不曾想要外出旅行。

在我大學畢業的那個暑假，千芳學姊某天心血來潮地嚷著要去旅行，拒絕了好幾次也不放棄，最後我們前往南方的度假勝地。

那是兩天一夜的小旅行。

沒有發生什麼特別的事情，搭乘著搖搖晃晃的客運南下，住在臨海的民宿，隔著一片稀疏林木即可看見遼闊海洋。抵達時已經是黃昏了，我們沒有特別前往其他景點，在沙灘散步、踩踩海浪就直接在附近的商店街解決晚餐。

千芳學姊始終興奮地到處拍照，其中一張就是那張大頭貼。

我取出手機，開啟相簿檢視。

當中幾乎都是千芳學姊傳來的照片，偶爾有幾張才是我拍的。從樹葉枝枒之間灑落的陽光、蜷曲在人行道側邊的小貓、尚未拆封的幽浮巧克力蛋糕、位於校舍角落的紅磚屋舍、便利商店的最新產品海報，都是心血來潮拍下來的，在撰寫信件時用來回想起更多細節。

相簿當中也有那張阿米卡星女子的照片。在瀧本教授告訴我阿米卡星航行百年的無人宇宙船陸續抵達地球、當時所見到那位不知名女子的照片。

我繼續往下滑了好一會兒才來到大學畢業的時間軸。當中有好幾張都以海邊為背景，也不乏千芳學姊面對著鏡頭、露齒而笑的自拍照，大概是趁我沒注意的時候拿著這支手機偷拍的。

「有幾張毫無印象，我們吃過這間店的料理嗎……」

我放緩滑動螢幕的速度，每張、每張照片都注視許久。

片刻，我才看見千芳學姊拿來當作大頭貼的那張。

大頭貼只有海浪打上沙灘的一小部分，實際照片則是千芳學姊穿著比基尼泳裝與色彩鮮豔的沙龍裙，單手壓住被海風吹得歪斜的花邊草帽。她笑得相當開心，對著鏡頭比出勝利手勢。

凝視許久，我將自己的大頭貼換成同一張照片。擷取了右上角湛藍清澈的天空部分。我想千芳學姊一看就會認出來。

我重新拿起鋼筆，繼續將心情與思緒寫成文字。

許久之後，我再度走向櫃檯。

「不好意思，請將這封信寄回地球。實體寄送。」

我一邊將信件封裝一邊在平板電腦打出千芳學姊那間公寓的地址，接著突然注意到有人走到身後。

「予謙，已經要出發了。」

同個小組的高野佐和子站在旁邊，開口提醒。

「不好意思，沒有注意時間。這個弄完就過去。」

我向職員小姐頷首致歉，加快填寫資料。

高野小姐探頭瞄了幾眼，好奇地問：「你要帶著手機嗎？」

「算是吧。」

「這裡某些房間可以收到電波，不過宇宙船需要使用星際間通訊設備吧？」

「裡面有一些照片。」

「原來如此，這樣確實是盲點！我還在思考為什麼很多隊員都要帶著手機，原來是當作相簿和音樂播放器，早知道我也那麼做了。」

高野小姐懊悔地鼓起臉頰。

「沒有帶過來嗎？」

「是呀，放在家裡了。不久前和男朋友分手，一氣之下把舊手機砸壞了，新的那臺沒有太多值得回憶的照片。」

「考慮到今後相處的日子很久，介意詢問理由嗎？」

「因為我想成為交流隊隊員。」

高野小姐拉挺衣服，展示著別在胸前的縹色徽章。

「原來如此。」

「不愉快的話題到此為止。那位是你的女朋友嗎？」

我順著高野小姐的視線望向擱在櫃檯的手機，這才發現螢幕顯示著那張阿米卡星女子的照片。

「不是。」

我笑著搖頭。完成寄信流程後，職員小姐有些緊張地遞出一封全新的信紙，希望拿到簽名。高野小姐欣然拿起鋼筆，流暢簽名，我也跟著在角落寫下自己的名字。

看著職員小姐珍惜地捧著那張信紙，我也不禁露出微笑。

等到踏出數據中心，我才繼續剛才的話題。

「宇宙船內有共用的硬碟空間，日後再請家人寄來吧。」

「人工蟲洞只能傳送文字檔案啊。」

高野小姐垮著肩膀。

「今後肯定不止如此，圖片與音訊想必都可以透過人工蟲洞，在眨眼間跨越一百光年的距離傳送到阿米卡星，待在宇宙船的我們要接收幾張照片，也是再尋常不過的事情。」

「說得也是。」

高野小姐一怔，頻頻點頭表示同意。

我們並肩走在深白色的走廊，隨口聊著方才啟程典禮的事情，氣氛輕鬆得不像即將要前往搭乘有去無回的宇宙船。

我伸手輕碰著掛在胸前的隨身碟項鍊，隔著布料，讓指腹滑過金屬底層與交錯纏繞的鐵絲。安心、溫柔與繾綣的情緒從心底滲出，蓋過了心跳聲與周遭人們的打氣吆喝。當我想到千芳學姊搭乘的宇宙船差不多要抵達地球時，手機正好傳來收到新信件的提示音。

予謙：

以往總會先回覆以往的話題，不過在本封信的最初需要向您致歉。

真的非常對不起。

上次寄給您的回信似乎遺失了。

這段時間，我陪著妹妹前往她即將就讀學園，辦理入學手續。那是有生以來首次的外出遠行，對於我是如此，對於妹妹的愛莉妮亞也是如此。

我們在起程時接受村民們的祝福。

奶奶為此縫製了祈求平安的披風，淺紫與深綠的絲線交織重疊成稜形紋路，將會守護著旅人遠離危險；媽媽製作了許多可以長期保存的乾糧，特地添加愛莉妮亞最喜愛的酸莓果；爸爸也鄭重叮嚀著各種早就講述過不下百遍的提醒。

您在過往信件當中告知了許多外出遠行的建議，我都銘記於心，卻依然感到擔憂，忍不住想像各種突發情況。

儘管如此，我在愛莉妮亞面前必須展現身為姊姊的立場。

我必須保持著堅強可靠的形象。

您在看見這段話的時候，或許會忍不住笑出來吧？畢竟在過往信件當中，我數次提到愛哭、羞赧、笨拙等等與「姊姊」兩字相差甚遠的話題，不過那些是秘密，如同通往那棵黑色大樹與湖泊的祕密小徑。不會訴諸言語，而是寫成文字，隨信寄出……只會展現在您的面前。

在愛莉妮亞面前，我就是姊姊。

這點無論如何都不會改變。

永遠走在她的前面，保持自信的態度，不會露出軟弱的一面，當然也不會在她面前哭泣。

我認為這是身為姊姊的責任。

無論今後發生什麼事情，我都會一直陪伴在她的身旁。

即使行前非常擔憂突發狀況，反覆確認著旅行的細節與注意事項，好幾次都被噩夢驚醒，不過我掩飾得很好，沒有被愛莉妮亞察覺到端倪。

幸好最後一切順利。

愛莉妮亞平安無事地進入學園就讀，我也返回被森林環繞、彷彿與世隔絕的村子。途中發生了幾項小插曲，礙於上限字數，這邊請讓我保留到日後的其他封信再依序告訴您吧。

學園都市比起鄰鎮也不遑多讓，人們多到讓我幾度懷疑在舉辦大型慶典。

學園本身也是比想像中更加寬廣的場所。那裡有著純白色的砌石大樓、位於中庭的噴水池、掛在走廊牆面的精緻畫作，若要說起缺點，大概就是樹木有些太少了。視野習慣了深綠色，灰白色調的學園總覺得很寂寞，像是無意闖入了未知的世界。

話雖如此，學園有種只存在於此處的獨特氛圍。人們為了學習更多知識，從世界各地聚集在這個場所，當中也有關於宇宙、地球的專門課程。愛莉妮亞也顯得相當興奮，臉頰紅通通的，對於未來充滿期待，想必會像我從您那裡得到許多未知的知識一樣，在那裡學到許多新知吧！

在離開時候，我又感到些許眷戀，不禁想像如果我在地球出生，或許有機會和您一起在名為「大學」的學園接受教育，共同學習、勉勵。想必會是愉快且充實的生活吧。

前往學園報到的這段期間，我滿心期盼地著回信，卻是遲遲沒有收到。途中經過幾個通信局都表示沒有新信件，內心不免感到焦急。

大城市的通訊局相當忙碌，光是詢問櫃檯人員就得排隊許久，那是在鄰鎮難以想像的，考慮到旅途安排與車程，我無法頻繁前往確認。直到返回家鄉的途中前往鄰鎮通訊局詢問櫃檯人員，才得知信件或許寄丟了。

人工蟲洞的技術未臻完整，信件內文有時候會出現缺失、亂碼，像是這樣整封信件徹底寄失的情況固然少見，機率卻不是零。若沒有特別核對地球每月月底傳來的信件編號，尚無法確定是否真的遺失，不過我想就是如此吧。

沒想過自己會遇到這種機率極低的意外，卻或許是一件好事。

接下來提到的內容或許會被您取笑，不過在聽見此事的時候，我感到如釋重負，原本壓在胸口的沉甸甸煩惱與擔憂倏然消散，想著「太好了、太好了」，差點直接坐倒在通訊局的地板。

這個時候，我才意識到自己多麼重視這段關係。

您應該有發現吧？

我在這封信直接寫下了您的名字。以此做為契機，希望讓我這樣稱呼。

原本想要當場寫一封信，解釋情況，盡快寄給您，不過最後還是決定花費整晚的時間重新撰寫。

根據櫃檯人員的說明，遺失的信件可能破損毀壞、成為無法辨識的亂碼；也有可能連接到自然形成的蟲洞，突然出現在很遠、很遠的宇宙某處，持續往前發送。那份電子訊號或許會被地球、阿米卡星以外第三顆有智慧生命居住的行星捕捉到，成為第二個首度接觸的契機。

一想到此，總覺得有些害羞。

地球首次接受到阿米卡星的訊息乃是兩百年前，阿米卡星某個國家天文局抱持著姑且一試的心態所發送的，從未想過真的會被收到。

這麼想來，遺失的那封信倘若被第三顆行星的居民發現，應該是相當浪漫的事情吧……那對於邀約的回覆，某些字句與措詞自然富含著豐沛情緒，只有在深夜時刻才能夠寫得出來，現在回想也覺得臉頰逐漸熱了起來。

既然已經遺失，請不要追問細節了。

話雖如此，我必須在此重複告訴您那封信中的回答。

關於您在上封信的提議……老實講，著實令我煩惱許久，好幾晚都夜不成眠。

搭乘宇宙船前往五十光年以外的宙域，並且與地球的宇航士共同協力建設太空站，在那裡交流、研究與居住，即使寫成文字也難以置信。

該說是預料之內的事情吧，家人對此提出各種擔憂、懷疑、反對的意見，爸爸認為那是自尋死亡的行為，即使是再有經驗的巡守人也不會在諾尼雅德的夜裡獨自前往森林深處，遑論遠離家鄉，前往未知的宇宙盡頭。

幸好經過幾次交談總算得到他們的支持。

這次陪著愛莉娜亞前往學園也是一場行前預演。爸爸似乎認為那樣會讓我退卻，實際上反而激發起我的幹勁。光是前往學園都市的這趟旅途就讓我體會到許多異於書本的珍貴體驗，如果前往其他國家、前往宇宙又會知曉到什麼事情呢？光是想像就感到興奮不已，如同首次收到您寄來的那封信。

多虧了您的推薦信，我順利成為阿米卡星的交流隊隊員。

我經常仰望翠綠色的天空，想像著倒映在眼眸的天空是否如同地球般湛藍。生長在偏遠村落，我從未想過能夠擁有這個機會。並非只是站在地面抬頭仰望，而是親自穿過天空，前往更遠的宇宙。

當這封信寄到您的手上，我肯定也正在接受相關訓練吧。

由於已經有了遠行的經驗，心情方面輕鬆許多，甚至有餘力享受旅途風光。我有許多事情需要學習，也有許多事情需要努力，下一封信或許會比以往更遲一些才寄出，您或許會在宇宙船上面讀到。

衷心盼望著在依尼緹姆聯合太空站與您見面的那天。

五十年是很久、很久的一段時間，比起我至今為止活過的時日還要更久，不過在航途當中依然會收到彼此的信件。我們依然陪伴著對方。我們透過文字相識，藉由文字碰觸到彼此的內心靈魂，今後也會以文字延續這段關係，這樣就足夠了。

您不這麼認為嗎？

在這封信件的最末，祝福旅途順利。

我也會努力完成訓練課程，追上您的。

無論何時、無論何地都依然深愛著您的愛比蓋兒，筆

國家圖書館出版品預行編目資料

致一百光年外的你 / 佐渡遼歌作 . -- 一版 . -- 臺北市 :
城邦文化事業股份有限公司尖端出版 : 英屬蓋曼群島商家庭傳媒股份有限公司城邦分公司尖端出版發行 ,
2023.11
面 ; 公分
ISBN 978-626-377-173-4 (平裝)

863.57 112015542

嬉文化

致一百光年外的你

著者／佐渡遼歌 繪者／廖珮蓉 國際版權／黃令歡、高子甯
執行長／陳君平 美術總監／沙雲佩 文字校對／施亞蒨
榮譽發行人／黃鎮隆 美術編輯／陳姿學 內文排版／謝青秀
協理／洪琇菁 執行編輯／丁玉霈
總編輯／呂尚燁

出版／城邦文化事業股份有限公司 尖端出版
台北市中山區民生東路二段一四一號十樓
電話：（〇二）二五〇〇—七六〇〇
傳真：（〇二）二五〇〇—二六八三
E-mail：7novels@mail2.spp.com.tw

發行／英屬蓋曼群島商家庭傳媒股份有限公司城邦分公司 尖端出版
台北市中山區民生東路二段一四一號十樓
電話：（〇二）二五〇〇—七六〇〇（代表號）
傳真：（〇二）二五〇〇—一九七九

中彰投以北經銷／楨彥有限公司（含宜花東）
電話：（〇二）八九一九—三三六九
傳真：（〇二）八九一四—五五二四

雲嘉以南／智豐圖書有限公司
（嘉義公司）電話：（〇五）二三三—三八五二
傳真：（〇五）二三三—三八六三
（高雄公司）電話：（〇七）三七三—〇〇七九
傳真：（〇七）三七三—〇〇八七

香港經銷／城邦（香港）出版集團有限公司
香港灣仔駱克道一九三號東超商業中心一樓
電話：（八五二）二五〇八—六二三一
傳真：（八五二）二五七八—九三三七
E-mail：hkcite@biznetvigator.com

新馬經銷／城邦（馬新）出版集團 Cite（M）Sdn. Bhd.
E-mail：cite@cite.com.my

法律顧問／王子文律師 元禾法律事務所
台北市羅斯福路三段三十七號十五樓

二〇二三年十一月一版一刷

郵購注意事項：
1.填妥劃撥單資料：帳號：50003021戶名：英屬蓋曼群島商家庭傳媒(股)公司城邦分公司。2.通信欄內註明訂購書名與冊數。3.劃撥金額低於500元，請加附掛號郵資50元。如劃撥日起 10～14日，仍未收到書時，請洽劃撥組。劃撥專線TEL：(03)312-4212 ・ FAX：(03)322-4621。E-mail：marketing@spp.com.tw